平成秀句

河原地英武

邑書林

平成秀句＊目次

平成秀句

新年

蓬萊や家に幾つか使はぬ部屋

関　悦史

（「俳句」平成二十五年一月号）

鷹羽狩行氏の名作〈胡桃割る胡桃の中に使はぬ部屋〉のいわば本歌取り。句姿の整いといい、格調の高さといい、鷹羽氏の句は（作者同様）文句なく二枚目だ。ここまで完璧だとちょっと揺さぶってみたくなるのが俳諧師のさがである。現俳壇屈指の論客として知られる関氏の実作者としての資質にも、きっとこの批評精神に通ずる俳諧師魂があるのにちがいない。だが、「家に幾つか」使わぬ部屋があるというだけでは何の芸もない、ただの道化か、笑われるのがオチの三枚目になってしまう。「蓬萊」というとびきり目出度く華やかな季語を据えることによって、掲出句は単なるパロディーではない、独自の存在感をもつ作品となった。この二枚目半あたりのところが俳人悦史の持ち味なのかもしれない。

病める夫起きよ歩めよ正月ぞ

木田千女

（「俳句界」平成二十一年二月号）

起床ラッパを高らかに吹き鳴らすような命令口調がユーモラスだ。調べが一時代前の唱歌風でもあり、正月らしい華やぎをもたらしている。だが、嬰児のように寝たきりの夫の悲しげな目を覗き込み、励ますように、またあやすように、こんな言葉を口ずさんでいるとしたら、それはもう慟哭と紙一重だ。

初夢の逢瀬に長き梯子かな　鈴木紀子

（「俳句界」平成二十一年一月号）

恋路に困難や妨害はつきものだけれど、長い梯子というのが可笑しい。いくら登っても先の見えない梯子だ。こうなれば、恋の一念で天界まで登り詰めねばなるまい。ひょっとすると茄子より縁起のいい梯子になるかもしれない。「一富士、二鷹、三梯子」で語呂もよさそうだ。

介護婦のみな湯女となる初湯かな　成田千空

（「俳句」平成二十年一月号）

この句には不思議な華やぎがある。介護の女性を湯女に見立てるとは大胆だが、いやな感じはしない。作者はきっと極楽浄土の至福を感じているのだろう。成田千空は平成十九年十一月十七日に逝去した。右の句を含む「個室」八句が絶筆となった由。最後の一句は〈寒夕焼に焼き亡ぼさん癌の身は〉。

買初の靴なり前途三千里

今瀬剛一

（「俳句」平成二十六年一月号）

われわれの胸を熱くさせるような雄心横溢した作品だ。この「前途三千里」が『おくのほそ道』の一節「千じゆと云ふ所にて船をあがれば、前途三千里のおもひ胸にふさがりて、幻のちまたに離別の泪をそゝぐ」を踏まえていることは断るまでもなかろう。芭蕉はそれにつづけて〈行く春や鳥啼き魚の目は泪〉としたためている。命懸けの旅への悲壮感が流露した一句だ。今瀬氏の句にもその悲壮感が流れ込んでいるように思われる。だからこそ「買初の靴」が断定の助動詞「なり」と結び付けられ、この俳句の中心に置かれているのだ。すなわちここには行脚をともにする靴への「よろしく頼む」という同志的挨拶も込められているのである。

孫育つ妻の春着を着るまでに

茨木和生

（「俳句界」平成二十八年二月号）

赤ん坊が小学校にあがるほどに育ったのだろうかと予期して読んだら、成人していたのであった。まさに光陰矢の如し。そんな驚きが上五に込められているのだろう。「妻」は、孫からすれば祖母だが、祖母の春着を着用する孫娘のなんとチャーミングなことか。

ひだまりに独楽の震への残りたる　鴇田智哉

（「俳句」平成二十二年一月号）

ルイス・キャロルの『不思議の国のアリス』に出てくるチェシャ猫は、にやにや笑いだけを残して姿を消してしまったが、この独楽もチェシャ猫のようである。実体は消えて「震へ」のみが残っているのだから。

この句は、独楽そのものを詠んでいるわけではないのだ。主題は冬の日溜りであって、その日溜りの繊細微妙な空気の動きを写し取っているのである。それは陽炎ほどに育つ以前の、ほとんど有るか無きかの動きなのだろう。その儚げな様子は、作者の寂しい心象風景を思わせる。

凧海光に尾を垂れ久し　斎藤夏風

（「俳句」平成二十三年四月号）

この句は「久し」の効果が絶大だ。煌めく海に凧《いかのぼり》が尾を垂らしているさまは、それだけで十分に美しい。が、それはあくまで日常の枠内における美しさである。しかし、もしこれを悠久の光景と観ずれば、それは非日常的な神話世界に一変する。海光もこの世ならぬ神々しさでわれわれの目を射るのだ。

青空を仰ぎどんどの位置決まる

鷹羽狩行

（「俳句」平成二十二年一月号）

わたしの生まれ故郷である信州松本市ではどんどのことを三九郎《さんくろう》と言っているが、地方ごとに様々な呼び名があるらしい。おそらく元は仏教の伝来以前に日本各地で行われていた民間習俗なのだろう。そして古代の人々にとって、これは現代よりも遥かに宗教色の濃い聖なる儀式だったに違いない。聖なる儀式である以上、執り行われる場所も聖域でなければなるまい。もしかすると彼らはその場所を、本当に青空を仰いで決めたのかもしれない。広漠たる空にも、特別な一点が確かに存在する。

春

如月や師の句碑とゐて影二つ

栗田やすし

（「俳句界」平成二十二年二月号）

宗教学者M・エリアーデが著書『聖と俗』（風間敏夫訳、法政大学出版局）の序言でこんなふうに述べている。「聖なる石といえども依然として一個の石である。つまり見かけは（正確に言えば、世俗の観点からは）それを他のすべての石から区別する何物もない。しかし石が聖なるものとして啓示される人びとにとっては、眼前の石の現実が超自然的な現実に変わる」。

俳人にとっての句碑を宗教学的に意味付けるとすれば、まさにエリアーデの言の通りであろう。

掲出句における「師の句碑」も、人格を帯びた存在として立ち現れていることは「句碑とゐて」という表現に明らかだ。如月の余寒の中で、作者は先師細見綾子とともにいるのである。それを読者がすんなりと諾うことができるのは「影二つ」のゆえであろう。我々にも師弟の相寄り添う影がありありと見える。

しやぼん玉の上半分の無かりけり

清水良郎

丸椅子のまん中の穴紀元節

マネキンの両腕の螺子地虫出づ

（「俳句」平成二十六年四月号）

作者は平成二十五年、作品「風のにほひ」によって第五十九回角川俳句賞を受賞した人。ここに掲げた三句にも清水氏の独自の感受性と表現力が明らかに見て取れる。仮名遣いや語法は伝統に即しているが、句材や感覚はむしろ前衛的といえよう。すでに歌壇でも受賞の経歴をもっている。俳句表現史に新風をもたらす大器かもしれない。

シャボン玉笑うてゐては膨らまず　　久保東海司

（「俳句四季」平成二十年一月号）

幼い少女がシャボン玉を吹いている。その隣で作者が冗談を言うと、少女は体を震わせて笑いをこらえているが、我慢できなくなってストローから口を離してしまう。作者は「こら、まじめに吹きなさい」とたしなめるふりをしながら、その実、少女の可笑しがる仕草が可愛くて、また笑わせようと企むのだ。このまま時を止めたくなるほどの幸福感に満ちた一句。

麦を踏む水平線を近づけて　稲畑廣太郎
麦を踏む蝦夷の大地を響かせて
（「俳句四季」平成二十六年四月号）

この二句を読むと、古代神話に出てきそうな雲衝くばかりの大男を連想する。ひょっとすると作者の自画像だろうか。平成二十五年十月に大結社「ホトトギス」の主宰を継承した稲畑氏だ。これくらいの気宇を示して当然だろう。

かつて虚子は誓子の第一句集『凍港』の序にこう書いた。「今の俳句界の誓子君に待つところのものは多大である。其作句にしても従来の俳句の思ひも及ばなかつたところに指をそめ、所謂辺境に鉾を進むる概がある」と。その虚子の曾孫がいま、みずから「辺境に鉾を進」めることになれば、現代俳句界はどんなに面白くなるだろう。

階段に半音欲しき春時雨　星野光二
（「俳句αあるふぁ」平成二十五年二 - 三月号）

急な階段をみて、段と段のあいだにもう一段あったら楽なのにと思うのは単なるリアリズム。そこには疲労感しか生まれない。その欲しい段をピアノの黒鍵に置き換えたとたん、心は浮き立ち、疲れも吹き飛ぶだろう。言うまでもないことだが、ひそやかな春雨ではなく乱調気味の春時雨だからこそ、半音が生きてくる。

さやうなら早春の風冷たけれど　加藤かな文

（「俳壇」平成二十四年四月号）

卒業生への手向けの句だろうか。「さやうなら」という感動詞と、漢文の口語訳を思わせる文体（これには字余りの効果も含む）の結合が、従来の俳句にはない独自の調べをもたらしている。巣立つ者への励ましと愛惜の念がひしひしと伝わってきて、胸が熱くなった。

よだれ留むる春寒の枕かな　中山奈々

（「俳句αあるふぁ」平成二十八年二 - 三月号）

よだれにふさわしく糸を引くような最初の七音、自堕落に流れるのを止める精妙な季語（これが「春昼」ではデカダンになる）、そして下五の典雅な「かな」止め。作者は極めて鋭敏な言語感覚の持ち主なのだろう。あの『枕草子』を著わした清少納言のように。平成の才媛は滑稽と優美の垣根を取り払ったところに新境地を開こうとしているらしい。

わが地球きみの地球や薄氷

宇多喜代子

（「俳句」平成二十六年五月号）

「きみの地球や」に胸が高鳴った。単数形二人称の「きみ」には読者への親愛の情と、自立した個人としての信頼感が込められているように思われる。作者は一対一の関係で、地球が瀕している危機を伝えようとしているのだ、戦友か同志に対するように。わたしはこの「きみ」に触発されて石原吉郎の詩「位置」の一節を思い浮かべた。〈無防備の空がついに撓み／正午の弓となる位置で／君は呼吸し／かつ挨拶せよ／君の位置からの　それが／最もすぐれた姿勢である〉。どちらの作品も「きみ（君）」を用いて気高さを感じさせる。これにもう一つ、近代詩歌から加えるとすれば、与謝野晶子の〈君死にたまふことなかれ〉だろうか。

晩禱やうすらひ天にこみあへる

藺草慶子

（「俳句」平成二十年三月号）

晩禱とはキリスト教で夕べの祈りのこと。薄紅色に染まった夕空を薄氷が込み合っていると直感したのだろう。込み合う「うすらひ」が、浄化された無数の人々の魂のようにも思われる。

凍解の水底何か光もつ　加藤耕子

（「俳壇」平成二十一年二月号）

水底が光ったのは、日が差込んだからだというのは科学的に正しい説明だろう。だが、俳句作家はその説明の手前で立ち止まるのだ。水底に光がある、もしくは水底が光をもっているという実感のみを述べ、それから先の解釈は読者に委ねるのである。その光は、長い冬の眠りから覚めた池の、見開いた眼の輝きだとまで言うと、現代詩になってしまう。

魞挿すや比良に一匙ほどの雪　田島和生

（「俳壇」平成二十六年六月号）

出たばかりのエッセイ集『俳句有情』（文學の森）のなかで田島氏は「私は琵琶湖の風景にあこがれて、堅田の浮御堂に近いローズタウンという土地に住み、二十数年たつ」と述べている。「淡海」十句が〈書より目をはづせば眩し鳥雲に〉から〈きらめきてかの世へ落花飛ぶごとし〉に至るまで、深々とした生活感に根差した名品揃いなのも納得がゆく。「魞挿すや」の句は、漁民に寄り添う形で湖上から見上げた比良連山を詠んだものであろう。「一匙ほどの雪」が言い得て妙。魚に塩をふる匙が思い浮かぶ。みずからの師系を「加藤楸邨↓沢木欣一（林徹）」（『俳句有情』）と記す作者の気概と矜恃をも、この連作から感受した。

青き踏む大和の国の端に住み　大串　章

潮干狩水平線を抜けて立つ

（「俳句」平成二十五年七月号）

太古と現代が混然一体となって、神話的なスケールを感じさせる作品である。「大和の国の端」という巨視的な地理の摑み方や、「水平線を抜けて立つ」という巨人を想起させる表現に目をみはった。一読、胸中に祖なる情熱の火が点ったような高ぶりをおぼえた。

受験生荒るる海峡渡りゆく　塩川雄三

（「俳句」平成二十年三月号）

「荒るる海峡」がわれわれの想像力をかきたてる。たとえばこの受験生が、古代の遣唐使とだぶって見えるのである。学問を修めるために、悲壮な決意を秘めて海を渡るその後姿が雄雄しい。

花柄を着て南極へ西行忌　ドゥーグル

（「俳句」平成二十年三月号）

不謹慎ながら、紅毛碧眼の西洋人が花柄の着物を着て甲板に仁王立ちしている姿を思い浮かべてしまった。現代の風狂人は、漂泊の思いやまず、ついに南極へと出立したのである。あっぱれと言うしかない。

誰からとなく離れゆき春焚火

片山由美子

（「俳句四季」平成二十三年五月号）

俳句には、写生という画法上の術語が使われるように、絵画と似たところがある。すなわち、どちらも時間の流れをせき止め、ある一断面を切り取って、情景がくっきり見えるように描出するのが基本だ。だが、この句は絵になるだろうか。「誰からとなく」という措辞からして視覚化することは難しい。ここにあるのは、一人去り、また一人去って、やがて春焚火だけになるという時の推移と寂寞感だ。そう言えば、この作者の〈まだもののかたちに雪の積もりをり〉や〈風鈴をしまふは淋し仕舞はぬも〉なども、微妙な時の移ろいの内に詩情を見出した作品であろう。やや大仰な言い方をすれば、無常の美学が片山氏の追求するモチーフの一つなのかもしれない。

くべ足して来よ春の炉に原子炉に

櫂　未知子

（「俳句」平成二十六年五月号）

「くべ足して来よ」と無理難題を吹っかけられた連衆（読者）は、どう受け応えたものか。漱石の顰《ひそみ》にならって「厠半ばに出かねたり」とかわそうか、坪内稔典氏のように「どうするどうする甘納豆」と悶えてみるか。この句が福島の原発事故を念頭に置いていることは想像に難くない。ただ、季語から推して原発だけを問題にしているのではなさそうだ。日本人の身勝手さが問われているのではないか。そう感じたのは歳時記に〈みちのくの春の大炉を焚きくれし　森田かずや〉という句を見つけたせいである。あの原発から暖をとってきた日本人がいま東北に知らぬ顔でいていいはずはない。くべ足しに行かぬなら、何をすべきか。

南部若布秘色を滾る湯にひらく

高野ムツオ

（「俳句」平成二十六年七月号）

もう四句引く。〈鬱金桜の鬱金千貫被爆して〉〈福島の地霊の血潮桃の花〉〈葉桜の銀箔これも祈りなり〉〈巨大なる水晶体ぞ緑夜とは〉。さらに一句。〈蛙声もて楚歌となすべし原子炉よ〉。この命令形は作者が祈禱師となって邪鬼なる原子炉を調伏している姿を想像させる。かれは自然界の万物に対し、すべからく放射能を極楽色と化すべしと命じたのだ。そして秘色の数々は、それへの地霊の応答なのである。井伏鱒二が『黒い雨』のなかで「赤に、紫に、瑠璃色に、緑に」と描いたキノコ雲の色も、原民喜が『夏の花』に記した「地獄絵巻の緑の微光」も同様であったかと、いささか宮崎アニメ風のファンタスティックな感慨に耽った。

友いつか姉妹のごとし藪椿　　満田春日

（「俳句界」平成二十年五月号）

細見綾子に〈ふだん着でふだんの心桃の花〉という句があるけれど、そういえば藪椿もふだん着の花だなあと思う。何の気兼もいらない友こそ人生にはありがたい。

上げ潮を引つ張つて来る落椿　　鷹羽狩行

（「俳句研究」平成二十三年春の号）

このような作品にふれると、俳句とは万物に命を吹き込む秘儀だと言ってみたくなる。ひとたび落椿に意志を認めれば、椿ばかりか上げ潮まで生気を帯びるのだ。ところで作者には〈落椿われならば急流へ落つ〉という初期の代表作があるけれど、これは落椿に自らを重ねた悲壮な決意を思わせる句だ。その落椿が五十年を経て、いま大海を引っ張るほどの力を蓄え帰還したと読み解くのは穿ちすぎだろうか。

棒立ちの背水の陣つくしんぼう　檜　紀代

（「俳句界」平成二十一年三月号）

言われてみれば、水辺に群生する土筆は、背水の陣を敷く戦国時代の足軽のようでもある。しかしこれは、単なる見立ての句ではなさそうだ。棒立ちの体《てい》なのは作者自身なのである。何らかの理由で進退きわまったのだ。そうでなければ「棒立ち」や「背水の陣」などといった深刻な言葉を連ねたりしないだろう。とはいえ「つくしんぼう」からは、決して挫けることのない作者の明るい前向きな姿勢も伝わってくる。

灯を消して桃に觸れえぬ柳かな　島田牙城

（「俳句」平成二十六年五月号）

江戸期から明治期までは上巳（今日の三月三日）に柳を必ず桃にさし交えて雛祭に供したものだが、いまではすっかり廃れてしまった。それが口惜しいから「女の子はをらねど」みずからこの風習を「こころみて詠めり」と詞書にある。七行におよぶ見事な文語体の文章である。これだけ古典の素養がある作者のことだ、「桃柳」十二句も当然のことながら堂に入った出来栄え。風格があるだけでなく、のびのびと桃柳の世界に遊んでいる趣で実に楽しい。掲出句は擬人法によりながら桃と柳のエロティックな関係を探った佳品。島田氏の季語発掘の志を壮とし、まずは角川学芸出版の歳時記が「桃柳」を立項してはいかがか。

瓦礫よりつきだす舳先春の空　今瀬剛一
根元より折れたる鳥居揚雲雀
彼岸墓参父を踏み母を踏み

（「俳壇」平成二十三年七月号）

三・一一以来、未曽有の大震災に関する多くの俳句を目にしてきたが、今瀬氏の「ふるさと」三十三句は、それらとは明らかに趣の異なる、独自の境地を切り開いたいわば記念碑的な作品ではないかという気がする。ここにはあからさまな慨嘆や祈りや希望の表明はほとんどない。そうした明示的なメッセージは極力抑えられているのだ。

悲嘆や憤怒や未来への希求を述べた句は、どうしてもそのメッセージの部分が俳句の枠をはみ出てしまう憾みがある。たぶん多くの作者は、己の激情を言葉にしようとして俳句の無力を痛感したのではないか。だが今瀬氏の作品を読むと、俳句とはあのような理不尽な出来事にも十分に耐えうる、いや、むしろその理不尽さゆえに一段と強度を増すことができる詩的表現形態なのだと気づかされる。俳句のこうした可能性を現出させる力が季語の斡旋にあることは、掲出句の「春の空」や「揚雲雀」を見れば歴然としている。これらの明るい伸びやかな季語と、地上の不条理な光景という二物の結合がもたらす効果は恐ろしいほどだ。そのことは〈傾斜倒壊水没破船燕来る〉〈真二つに割れたる巨船春疾風〉〈家内に船の居座り鳥の恋〉等の句についてもいえよう。ただし、作者が心中どれほど泪を注いでいるかは、たとえば「彼岸墓参」の句の「父を踏み母を踏み」という凄愴な表現一つをとっても明らかなのだが。

ひたすらに磨り減る器鳥雲に　渡辺純枝

（句集『凜』KADOKAWA、平成二十七年刊）

この「器」は作者の身体だろう。生身を削るというときの「生身」、あるいは大江健三郎氏の著書名にもある「壊れものとしての人間」と同義だ。それを「ひたすらに」、一途に磨り減らしてゆくのである。わたしはそこに細見綾子の「（生きるとは）いかに美しく消耗するか。そのことだけではありませんの」（「晩秋」『私の歳時記』）という言葉と相通ずる美意識を読み取った。

この句は芭蕉の〈此秋は何で年よる雲に鳥〉を想起させるが、芭蕉の哀感とは別種の趣があるのは春の季語ゆえか。鳥もまた身を磨り減らしながら生きるものの一つだが、雲のなかに消えてゆく姿は、肉体という器から解き放たれた、自由な魂のようにも見える。

置きどころなく児を抱いて春の磯

友岡子郷

（「俳句」平成二十六年六月号）

「置きどころなく」がやるせなく、切ない。穏やかな季語のせいで一層あわれが深くなる。ここに死の影を感じるのは、鬼城の〈冬蜂の死にどころなく歩きけり〉と重ねてしまうせいかもしれない。幼子を抱いている親の胸中には、しづの女の〈短夜や乳ぜり泣く児を須可捨《すてっち》焉乎《まをか》〉と同じ思いが去来しているのではあるまいか。この作品の隣に〈海青く妻も長子の永き日ぞ〉という句がある。単独では解釈が難しいけれど、二句併せて読めば「妻」への優しいいたわりの気持で満たされていることが察せられよう。「妻と長子」ではなく「妻も」としていることでも、力点が「妻」に置かれているのがわかる。暮れなずむ空と青い海を背景に児を抱く「妻」のスケッチは、聖母子像の輝きを放っている。

大笑ひし合ふ西山東山

柏原眠雨

（「俳壇」平成二十三年三月号）

手元の歳時記によれば、季語「山笑ふ」は北宋の山水画家・郭熙の「春山淡冶にして笑ふがごとし」という詩句が出どころらしい。淡冶とは、ほのかな色気のあることだから、この季語にもそうした要素を働かせたいところだ。その点、掲出句は季語の持ち味を存分に引き出した名吟である。まず「西山東山」がいい。さながら力士の四股名のようで、われわれは東西の両横綱が胡坐をかいて向き合いながら、体をゆさぶり呵呵大笑しているさまを思い浮かべることができる。その赤みが差した肌には男の色気も感じられよう。作者は盛大にして華やぎのある句によって春の到来を言祝いでいるのだ。

サリンジャー亡し青麦の芽の尖り　酒井弘司

（「俳壇」平成二十二年五月号）

平成二十二年一月二十七日、アメリカの作家サリンジャーが亡くなった。九十一歳だった由。彼の代表作『ライ麦畑でつかまえて』（野崎孝訳、白水社）はあまりに有名。酒井氏もこの小説に大きな感銘を受けた一人にちがいない。語り手である主人公のボールデン少年（十六歳）は、大人のウソやインチキを決して許せない病的なほど潔癖な性格の持ち主だが、サリンジャー自身、生涯その潔癖な性格を通した厭世家だった。死ぬまで無垢な少年にとどまるべく、世間に背を向けてきたその生き方は、「青麦の芽の尖り」という表現がぴったりだ。新聞の追悼記事を読んだとき、彼が後半生、俳句への関心を深めていたことを知った。この作家に興味をもったわたしは、所用で三週間ほどアメリカに出かけた際、ダンボール箱一つ分サリンジャー関係の本を買ってきた。いずれ「サリンジャーと俳句」といったテーマで何か書いてみたいと思っている。

聖金曜日扉に把手がない　柿本多映

（「俳句」平成二十二年六月号）

聖金曜日はイエス・キリストの受難と死を記念する日で、復活祭直前の週の金曜日。大きな喪失感を含意する季語だが、それを扉の取っ手（把手）の喪失という卑俗なことに結び付けたのがいかにも俳句的だ。一方、この季語の働きと七・十の破調によって、取っ手のない扉が、何か非日常的な象徴性を帯びてくるのである。

ゲーテ忌を書き継ぐ急がず休まずに　関塚康夫

（「俳壇」平成二十二年五月号）

句に「一八三二・三・二二」と添書きがある。手持ちの歳時記に「ゲーテ忌」はないけれど、作者には切実な忌日なのだろう。字余りの実直な表現をみれば、作者の気持ちが珍しい季語で一句物してやろうといった功名心とは程遠いことがわかる。きっと関塚氏はゲーテに私淑しているのだろう。私も青春時代ゲーテに熱中し、今でも人生の師の一人と思っているので、この句にいたく共感した。例えば『ファウスト』の中の「人は努めている間は迷うものだ」

とか「絶えず努めて倦まざる者をわれらは救うことができる」とかいった一節に強く励まされたものだ。この句を読みながら私も改めて「急がず休まずに」仕事をせねばと思った次第である。

一人づつ春の木立になりゆけり　竹本健司

（「俳句」平成二十一年五月号）

春ならではのけだるく、物憂い光景だ。「一人づつ」とは、順にこの世を去っていった近しい人々を指しているのだろうか。この句を読みながら、わたしは昨年三月に訪れたロシア・ハバロフスク市郊外の日本人墓地を思い浮かべた。

紅梅に生と死の声デスマスク　大串章

囀りに加はり木々も声を上ぐ

パンジーが風を手玉に取ってをり

青空に語り飽かざる揚雲雀

春霖の沖見て立つは登四郎か

（「俳句」平成二十二年六月号）

大串章氏の「水塚」五十句は、死の気配と生の華やぎが揮然一体となって実に不思議な世界を醸している。ここでは死すら生気を帯びているのだ。文化人類学者ならカーニバル的な祝祭空間と呼ぶところだろう。実際、この連作の季節もカーニバル（謝肉祭）と同じ初春である。察するに大串氏の意識には、生命の蘇りを言祝ぐ春の祭事に通底するものがあるのではないか。

これらの作品を修辞学的にみれば、擬人法の多さが目立つ。掲出句の「紅梅」や「木々」は声をもち、「パンジー」は「風」を手玉にとり、「揚雲雀」は「青空」に何事かを語ってやまないのである。だが、これを単にレトリックの問題に帰していいかどうか。作者は草木や鳥や風や空を人間と隔てなく霊魂のある存在と見なしているのではあるまいか。我々も賢《さか》しらを捨てて作者とともに俳句的現実（或いはアニミズム）の側に立つとき、能村登四郎の現世への帰還も違和感なく受け入れることができるはずだ。俳句には故人を蘇らせるとまでは言わぬにせよ、その面影を立ち昇らせる力があるとわたしはかねがね信じている。

春昼やお面の裏の注意書き　大石雄鬼

（「俳句四季」平成二十三年五月号）

第一に、お面の裏などという些末なものに拘っている作者の浮世離れしたところが可笑しいし、第二に、お面という他愛無い玩具にまで物々しく使用上の注意が書かれていること自体が滑稽である。だが、この句が単に笑いを誘うだけでなく、読者の鼓動を強めるような一種独特の陰影と謎めいた雰囲気を帯びているのは、「春昼」という季語の働きのせいだろう。どの歳時記もこの季語を「明るく」「のどかで」「のんびりとした」「眠たくなるような」という類の表現で説明しているが、用例をみると意外に翳のある、密やかな句が少なくないのである〈たとえば〈春昼や廊下に暗き大鏡　高浜虚子〉〈春昼や魔法のきかぬ魔法瓶　安住敦〉〉。この句もその系列に連なるものと言えそうだ。うっかり注意書きを読み落としたばかりに、お面を付けたとたん、異形の鬼類に変じてしまったなどという奇譚がありそうな気がしてきた。

水に水注ぎ足す春の愁かな　　塩野谷 仁

入口がそのまま出口春の夢

（「俳句」平成二十一年四月号）

水槽に水を注ぎ足しているのだろうか、などと具体的に考えるとこの句の魅力は半減する。無味な水に無味な水を加える、その無意味な、とりとめのない行為の内に春愁が宿っている。「春の夢」にしても同様だ。入ればそのまま出てしまうという、謎々のようなナンセンス感覚こそこの句の持ち味である。

草餅の並ぶがごとく山と山　長谷川　櫂

（「俳壇」平成二十三年三月号）

草餅の連想から、ぽてっとして、小さくて、暖かみのある里山が見えてくる。これこそ日本のふるさとの原風景だろう。「山と山」という繰返しも耳に心地良い。「船団の会」ホームページの「ねんてんの今日の一句」で坪内稔典氏は、「櫂はこのごろ、過激さがないのでは。俳句はいつも過激さが身上だった。もちろん、今でも」（平成二十二年十月三十一日）、「言葉に新しさや刺激が乏しい。俳句って、面白く刺激的な日本語そのものなのに」（平成二十一年六月十九日）と、長谷川氏に厳しい注文を付けている。だがわたしは、この作者が日本古来の伝統美を後代に伝えようという志をもって、わが国の風土を正面から堂々と詠む姿勢に敬意を表するものだ。

陽炎の芯となりゆく別れかな　浅井陽子

（「俳句」平成二十五年五月号）

去りゆく人は生者なのだろうか、それとも死者なのだろうか。その姿はもはや人間のかたちをとどめないほどに細い。それは人が地上にとどまることができるぎりぎりの姿、すなわち人間存在の極限を示すものだろう。ジャコメッティの、あの針金のように細く引き伸ばされた人物彫刻を思い浮かべた。

真つ青な空の迫つて来る朝寝　西山ゆりこ

（「俳句」平成二十四年四月号）

凄まじいばかりに青い空がみるみる近づき、自分に覆いかぶさろうとしている。早く目を開けなくては呑み込まれてしまいそうである。それは恐怖以外の何物でもないはずなのに、他方で、この途方もなく大きい鳥のような空に捕まって、いっそどこかへ連れ去られてしまいたいという甘美な気持ちも抗しがたいのだ。起きなくてはならないのに起きられない、いや、起きたくないという、あの背徳的とも呼び得る朝寝の快楽が、官能的なほど生々しく蘇ってくる作品だ。

春ゆふべ家を灯しに母子帰る　横澤放川

（「俳壇」平成二十四年五月号）

わたしの愛唱句の一つに木下夕爾の〈家々や菜の花いろの燈をともし〉があるけれど、家々の窓に映る灯火こそ幸福の象徴なのにちがいない。掲出句を読むまで、人が暗くなって家に帰る理由など別に考えてみたこともなかった。また、改まってその理由を問われても答えに窮したことだろう。「家を灯」すためという、単純だが含蓄に富む作者の答えに目から鱗が落ちた。もっとも、この作品に流れる温かな情感には「母子」という措辞が大きく与《あず》かっていることも言い添えておこう。たとえばこれが「父」では、（単身赴任者の）悲哀感がまさってしまいそうだ。

海を来し骨壺迎ふ春日傘　岩城久治

（「俳句」平成二十五年二月号）

「海を来し」の広やかなイメージと「春日傘」ののどかな感じが合わさって、一読心を和ませる。骨壺に収まった故人の人生が仮に容易なものでなかったにせよ、こうして春日傘が象徴する母性的な存在の腕のなかに戻ってくることができたのだから、これはまあ幸福な人生の結末というものなのだろう。

蝶生まれたちまち神よりも高し　今瀬剛一

（「俳句」平成二十六年六月号）

この句を五・七・五で読もうとすればつかえること必定。あえて区切るなら五・十二だ。

句跨りの技法を用いたこの変則的な調べは、第一に蝶がみるみる舞い上がるさまをよく写し取っている。第二に、語尾をすこし伸ばす感じで発声すると、俄然読みやすくなる。そう、これは伊勢神宮の神に奏上した短い祝詞と考えればよいのである。「伊勢」七句のうち四句に「神」が出てくるが、もう一句引こう。〈春昼をとり残されて神と居り〉。作者のすぐそばに御座す神の風情のなんとあたたかいことか。

蝶よりも風よりも今日自由なり　　星野梨幸

（「俳壇」平成二十一年七月号）

一体今までいかなる桎梏のもとに暮らしてきたのだろうか。ともかく今日（だけ）は、完全に自由なのだ。「蝶よりも風よりも」という措辞に作者の喜びが凝縮している。われわれも共に祝福してあげたくなる。

年深く鎌倉遠き虚子忌かな　　深見けん二

（「俳句」平成二十六年七月号）

「年深し」は『万葉集』にも出てくる格の高い日本語（『日本国語大辞典　第二版』）。「年老いた」という平板な口語とは異なる典雅な情趣とあわれの深さがある。虚子忌にはゆかりのある人々が鎌倉に集まって、法要を営んだのだろう。作者はそれに参列できないことを残念がっているのである。その気持には、芭蕉が会への不参を詫びて作った〈秋深き隣は何をする人ぞ〉と一脈相通ずるところもありそうだ〈そういえば句の作りも他人の空似くらいに似ている〉。もう一句。〈それぞれに生きて今日この薔薇園に〉。こちらは薔薇園の訪問客に対する連帯の表明。あたかもここが約束の地であるかのようにみなの人生を祝福しているのである。

あたたかや顔を浮かべて貼る切手

渡辺純枝

（「俳句」平成二十六年六月号）

作者がある思いを込めて句を作り、読者がそれを過不足なく受止める。それは幸福なありかたにちがいない。しかし俳句は、作者の思いよりも大きい。そうした思いを越えた何かが介入し、その結果、作者自身をもあっと言わせる世界を現前させることが俳句の醍醐味だろう。掲出句が、受取人の喜ぶ顔を思い浮べながら切手を貼っている場面であることに誤読の余地はない。思いは季語に託されている。だが読者は、中七にさしかかったとき、一瞬作者の顔が月のごとく中空にかかるのを幻視しないだろうか。不真面目だと眉をひそめる人もいそうだが、案外この逸脱したイメージが、本作品の価値を裏で支えている気もするのだ。

春の虹貝殻坂のまだ濡れて　中戸川由実

（「俳句」平成二十六年六月号）

俳句仲間と話していて「○○さんは詩人だねえ」という褒め言葉（？）に出会うことがある。俳句も詩の一ジャンルならお互い様ではと思うのだが、俳句と詩はやはりちがうと、みな心の片隅で感じているのだろう。俳句においては、言葉は表現世界の添木にすぎないから極力取り外そうとする。詩では言葉こそ美の源泉であり命だ。俳句プロファイラーとして中戸川氏を分析すると、多分に詩人の資質をもった人だと推定される。この句のまばゆいばかりの美しさは、実在性を離れた「貝殻坂」の語感によるところがすこぶる大きい。連作冒頭の〈誕辰のグラスに透かす花ミモザ〉も「誕辰」の効果が絶妙。中戸川さんは詩人だなあ。

春の水阿修羅の顔を重く立つ　小澤　實

（「俳句界」平成二十六年七月号）

上五で切ったあと、二通りに読むことができそうだ。一つ目は「阿修羅の」を主語と受止め、阿修羅が重たい顔をあげて立っているという読み方。もう一つは、主語である「わたしは」が略されているとみて、わたしは阿修羅のごとき重い顔をあげて立っているとするもの。いずれにしても「阿修羅＝作者」なのだから、句意は同じことになるが。阿修羅からただちに連想されるのは興福寺にある立像。特にあの愁いをふくんだ美少年の顔である。左右の顔の表情は思い出せないが、たしかに三つの顔では重かろう。憂愁と悔悟と憤悶と、普段は温厚そうな小澤氏にも、あらわにしたい感情はあるのだ。春の水がそれをやさしく慰める。

足跡にお玉杓子の眠りをり
ぶつかればたぷんと藤の花房は　加藤かな文

（「俳句」平成二十二年四月号）

「幸せのレシピ」という邦題のアメリカ映画があるけれど、これらの句を読むと、俳句もまた人を幸せにするためのレシピではないかという気がする。レシピついでに言えば、加藤氏の作風は決して高級レストランの珍味佳肴を連想させるものではない。むしろ素材は何の変哲もない、その気になれば誰でも手に入れられるものだ。だが、それがこの作者の手にかかると、これほど生き生きとした命の輝きを帯びるのである。おそらく同氏は、まず自分自身の幸福のために句作しているのだろう。上手い句を作って大向こうを捻らせようという計算がない。その純粋さが読者の心をも幸福感で満たす力の源泉なのだと思われる。

平成二十一年に上梓した句集『家』（第三十三回俳人協会新人賞受賞。ふらんす堂）の「あとがき」で、加藤氏はこう記している。「家と職場を往復する日々、家族とともに暮らす日々、それが私のすべてであり、そこからしか私の俳句は生まれません」。加藤氏は、日常生活の一瞬一瞬にどれだけ充実した世界を切り開くことができるのか、果敢に挑戦している俳人なのである。

あのビルを倒せば巨船春湊　鈴木了斎

（「俳壇」平成二十一年六月号）

一読、大胆な発想に舌を巻いた。ビルを倒すという物騒な行為も、「春湊」ののどかなイメージのせいで禍々しさはない。この句は、作者の天真爛漫な想像力を楽しめば十分なのだろう。しかし、これにはひょっとすると、現代文明の破壊と再生という神話的モチーフが秘められているような気もしてくる。とすれば、この「巨船」は二十一世紀のノアの箱舟かもしれない。

春月に段々畑届きけり　太田土男

段々畑種藷の数星の数

山のふもとから天辺まで耕された段々畑の、その天辺から春月が上ったのである。それを「春月に段々畑」が届いたと捉えたのが秀抜だ。この段々畑が、月まで続く螺旋階段のように思えてくる。

（「俳壇」平成二十一年五月号）

種藷と星を一つ一つ対応させようという発想も比類がない。われわれがこの宇宙の中で、どれほど大きな恩寵を受けて暮らしているのかを、この句は生き生きと教えてくれる。

嶺《ね》ろ聳え空を飛べざる蛙鳴く　大串　章

（「俳句」平成二十年六月号）

「嶺」を意味する「嶺ろ」は、万葉集に見られる古語である。天に聳える嶺とどこまでも青い空。翼のあるものは宙を舞いつつ、ないものは谷底から、この大自然を褒め称えずにはいられない。古代人の心に通じるおおらかで伸びやかな作品。

春落葉水辺に踏みぬ帰りにも　大木あまり

（「俳句」平成二十一年三月号）

用事で出かけ、そして家に帰る。その間のことなど社会生活にとっては何ほどの益もあるまい。だが作者には、行き帰りの道中に春の落葉を踏んだことが、用事や家庭よりもずっと大切なのだ。俳句とは社会的営みから逸脱したところにあるものだといえば言い過ぎか。

調理場の大陸訛黄砂降る　林　美貴

（「俳句」平成二十六年九月号）

「大陸訛」に膝を打った。じつにうまい言い方を探し当てたものだ。これが「中国訛」では、政治意識に邪魔されて、すこしせせこましくなる。この「大陸訛」には、広漠たる領土と厖大な歴史遺産をもつ民への畏敬の念も込められているだろう。スケールの大きな季語にもそれがうかがえる。

ところで平成二十六年四月八日、「炎の料理人」周富徳氏が亡くなった。一時はテレビにもよく出て、ぎょろ目の謹厳そうな風貌と、不思議なアクセントの日本語が魅力だった。日本育ちの在日中国人二世だから、ほんとうはふつうに話せたはずだが、あの「大陸訛」のせいで、かれの中華料理は一段と格が高まり、味のたしかさもいよいよ増したように思われる。

花三分馬の目皿の渦模様　神尾朴水

（「俳句界」平成二十六年二月号）

この句はいわゆる写生句とは一線を画しているように思われる。三分咲きの桜と馬の目皿をそれぞれ別個に思い浮かべることはできても、その二物の取合せが現実の風景をすんなりと立ち昇らせるわけではないからだ。むしろ神尾氏の作品の魅力は、字面の美しさや個々の語が喚起する豊かなイメージが一体となって、下五に置かれた「渦模様」へと読者の意識を引きずり込んでゆくところにありそうだ。その様式美とモダンな意匠にうっとりとした。

ひとひらの淡墨さくら昼月へ　馬場龍吉

（「俳句」平成二十年四月号）

今年（平成二十年）も多くの桜の句を読んだけれど、とりわけこの句を美しいと感じた。青空に淡淡と浮かぶ月と一片の薄墨桜の何と似通っていることか。それが一つに重なるほどに近づいてゆくのである。日本的美意識の精髄とも言いたくなる作品だ。平仮名と漢字のバランス感覚が素晴らしい。

軍服の父の遺影や夕ざくら　栗田やすし

（「俳壇」平成二十二年六月号）

戦時中、同期の桜といえば「共に散華すべき予科練の同期生を桜にたとえていった語」

（『日本国語大辞典　第二版』）であった。だが、手元の歳時記をみると、こうした意味を担った桜の例句は皆無である。桜という季語から戦時的なものが一切排除されている観があるのだ。掲出句は図らずもそれに対する異議申し立てとなっている。

「夕ざくら」はまず眼前の実景であろう。だが、それが軍服姿の父の遺影と結びつくとき、自ずと「散華」を連想させるのだ。それは戦争賛美とか戦争反対とかいった政治的立場の問題ではない。これが「軍服の父」への最も情愛ある季語なのである。

ねむりたる赤子のとほるさくらかな　藤本美和子

（「俳句」平成二十六年六月号）

藤本氏の作品はなべて表現が具象的で、意味鮮明なのだが、この句だけが趣を異にしている。一筋縄では行かない多義性をはらみ、安易な解をはねつけるスフィンクスとして読者のまえに立ちはだかるのである。省略部分を復元し、この赤ん坊は母親に背負われているのだと絵解きしたところで何も鑑賞したことにはなるまい。それは建物を造るのに組まれた足場を示しても、建物自体の評価とは無関係なのといっしょだ。「赤子」以外の平仮名表記と文語調の典雅な調べがこの句に独自の静けさと透明感を与え、ほの赤い微光に包まれた羊水を連想させる。われわれが生まれる以前の世界を憧憬させる不思議な味の作品である。

影もまた立ち上がりけり花疲れ　今瀬剛一
（「俳句研究」平成二十年夏の号）

自分の影が独自の意志をもっているかのごとく立ち上がる。よろよろと、さも大儀そうに。その影に励まされながら、自分自身の気力を奮い立たせようとしている作者の姿を思い浮かべた。この句からは花見の余韻とは別種の孤独感が伝わってくるが、それもまた桜がもたらす情感なのだろうか。

雨降るな桜散らすな馬鹿言ふな　日根野聖子
（「俳壇」平成二十六年九月号）

標語のようにリズミカルで、ちょっと口ぐせになりそうだ。むかっときたときこの句を言い返せば、溜飲も下がるだろうし、場もなごむ。むかし「バカヤロー解散」なんて事件があったが、吉田茂がこれを口にしていたら、政局は変わったかもしれない。国益擁護のため外交官諸氏にも覚えてほしい句だ。作者は滑稽俳句協会に属し、今年、第六回滑稽俳句大賞を受賞した。その大才を見込んで大きなお世話をやかせてもらう。あまり滑稽にこだわらず、俳諧自由をモットーにしてはどうか。細見綾子も滑稽を意識していたら、〈チューリップ喜びだけを持つてゐる〉や〈つばめつばめ泥が好きなる燕かな〉とはつくれなかったと思う。

花の夜の靴べらやはらかく使ふ　山口優夢

（「俳句」平成二十年三月号）

春宵の宴会が果て、ほろ酔い気分の作者がゆっくりと革靴を履いている様子がありありと見えてくる。「やはらかく」が満ち足りた気持ちをよく伝えている。

ぼんぼりに灯の入るまでは夕桜　鷹羽狩行

灯のすこし暗きが上座花の宴

描きかけの絵より抜け出て春の鳥

匙の窪フォークの反りや謝肉祭

畳拭く音のかすかに夏隣

（「俳句」平成二十五年四月号）

「春の鳥」五十句のなかから差当り五句を書き抜いたが、ここはやはり五十句すべてに目を通してほしい。なにしろ当代最高の名人による芸の手見せともいうべき作品だから、俳句を学ぶ者に裨益するところすこぶる大きいはずだ。特に初学者には、俳句は難解だという先入観を払拭するためにも是非一読あれと勧めたい。険しい峰々をゆく覚悟で読みはじめた人は、春の丘のようになだらかなことばの連なりにびっくりするだろう。ここには辞書が必要な難しい語も、詰屈な漢字も一切ない。なめらかな筆致が毛筆ではなく万年筆によるそれを思わせるのは、作者の詩想が枯淡とは程遠い、現代的な感性に根差しているせいにちがいない。

掲出句についてみれば、最初の二句は理知と感情のみごとな融合、「春の鳥」の句は虚から実への鮮やかな転換、そして「謝肉祭」の句はその機知と華やぎに瞠目した。また「夏隣」の句は、凡手であれば〈畳拭くかすかな音や夏隣〉と切れ字で恰好をつけてしまいそうなところだ。鷹羽氏の精妙な言語感覚に改めて驚く。

地に枝の影その上に落花かな　片山由美子

（「俳壇」平成二十六年六月号）

この句は連衆心をくすぐる。そこで片山氏を宗匠としたこんな連句の会を夢想してみた。みなが桜が散ったことをしきりに嘆いている。すると宗匠が花の座にこの句を差出したのである。「枝の影に花を降らせました。その影に万朶の花を咲かせたら」という心だ。満開の景は読み手に委ねる粋な計らい。やがて、再び花の座が宗匠に回ってきた。これは連衆からの花束代わりのプレゼント。今度はご自身のために思いきり艶やかに詠んでくださいというリクエストでもある。で、出されたのが〈落花踏みゆく白波を踏むごとく〉。「天女のようですなあ」の嘆声に明るい笑い声が起る。あとは挙句を残すのみ。どう付けようか。

祖国ふといとほしくなる遠蛙　大牧　広

（「俳句四季」平成二十五年五月号）

憂国といえば武張った言い方になってしまうが、大牧氏も日本の行く末を大いに憂えている一人なのだろう。その憂いは、ひょっとするとこの国を見限りたいほどに深甚なものなのではあるまいか。「ふといとほしくなる」という表現からそんなことを感じ取った。「遠蛙」のやさしい風情がその深刻さを救っている。この句を読みながら、安東次男、七十六歳の吟〈この国を捨てばやとおもふ更衣〉を思い出した。こちらはただただ苛烈で、黙するほかない。

夏

夏立つや水湧くところ人の住み　名和未知男
黄菖蒲の水のかなたに町生れ
（「俳句」平成二十一年八月号）

作者には、現代の都市風景を透かして原始時代の様子が見えるのではあるまいか――この二作品を読むと、そういう気がしてくる。風水思想を持ち出すまでもなく、たしかにわれわれの文明は水の循環によって支えられている。これを巨視的に捉えれば、正木ゆう子の〈水の地球すこしはなれて春の月〉という光景になるのだろう。

葉桜や雨のきらひな雨男　加藤耕子
（「俳句界」平成二十年五月号）

雨が降れば申し訳なさそうにしている雨男は、周囲をなごませてくれる皆のアイドルだ。葉桜の瑞々しさと相俟って、仲間たちの和気藹々とした雰囲気が伝わってくる。

高くから雨降つてくる五月かな　若杉朋哉
（「俳句」平成二十六年六月号）

〈高くから〉が値千金。この一語によってわれわれの意識は一瞬浮遊し、それから垂直に降注ぐ銀いろの雨の筋を知覚するのだ。その感覚はまさに爽快。実際、明るさと生命力を表象する「五月」には、垂直方向がよく合うようだ。奥坂まや氏の名作〈地下街の列柱五月来たりけり〉の魅力も、「列柱」の力強い垂直のイメージに負うところが大きいだろう。若杉氏は二年前（平成二十四年）に句作を始め、平成二十五年、第二回星野立子新人賞を受賞した俳句界の大型ルーキーである。掲出句をトップに据えた二十句の表題は「狼煙」。だが、その語が出てくる句はない。すなわち、この連作が新風の狼煙だと自負しているのだ。あっぱれなマウンド度胸である。

真直な道まつすぐな五月の木　　唐澤南海子

逢へぬ日や薔薇のジュースに薔薇沈め

（「俳壇」平成二十一年六月号）

「聖五月」ともいうように、五月には清らかで純なイメージがある。真直ぐであることが最も似合う月だ。だが、真直ぐなことは、そのひたむきさゆえのいじらしさや、憐れな感情をも引き起こす。かつて細見綾子も〈夏来る直路といふもかなしかる〉と作った。

「薔薇のジュース」の句にも、愛に対してひたむきな女性の憂愁と悲しみがひしひしと感じられる。

初夏の月光を身にたくはへむ　片山由美子
海の虹天へ昇れといふごとく
（「俳句」平成二十一年七月号）

内に生き生きとした気力がなければ、このような俳句は詠めまい。作者にとって「初夏の月光」や「海の虹」は、単に傍観するだけの自然現象ではなく、自らに何事かを授けようとする示現であり啓示であるのだ。内面の充実に、ある種の自然現象が感応するとき、こんな至福の境地が訪れるのだろう。

山若葉ゆれて光を湧きたたす　加藤耕子
（「俳句界」平成二十四年八月号）

光が若葉の内側から湧水のように噴き出しているというのだ。これこそ俳句的把握の真骨頂だろう。この句は俳句における写生とは何かを如実に示している。客観写生という言葉もあるけれど、写生を客観と主観の別立てにする必要はないように思われる。それは作者の認識の謂にほかならないからだ。もうすこし補足すれば、写生とは作者の認識を読み手に伝わるよう具象化することである。「光を湧きたたす」という表現からわれわれは、若葉の瑞々しさとあふれるような煌めきを実感できる。これ以上正確な写生はあるまい。

千年を合掌のまま青葉仏　今瀬剛一

青葉寒背後にも伸び仏の手

（「俳句」平成二十年九月号）

青葉の光に照らされて、仏像が青年僧のように若やいで見える。でもそれは、朽ちながらすでに千年もの間、合掌の姿勢を崩さずにいるのだ。作者はそのひたむきな姿にふと、哀れみの情を催したのではなかろうか。

背後にも手を伸ばしているのは千手観音だろう。そのあまたの手は、衆生を洩らさず救おうとする慈悲心の大きさを示している。だが作者は、そうした観念によってこの句を作ってはいない。仏の異形を不気味に感じているのだ。「青葉寒」がその実感をよく伝えている。

目に青葉三葉虫の化石に目　矢島渚男

（「俳句」平成二十二年九月号）

この上五を聞けば誰しも山口素堂の〈目には青葉山ほととぎす初鰹〉を思い浮かべるだろう。それほどイメージの固着した措辞を用いて独自の作品を物するのは並大抵のことではあるまい。大概はパロディーになってしまいそうだ。しかし作者は、「目に青葉」はと問われ、禅問答のごとく奇想天外な解を差し出した。「葉」や「目」を重ねたところは言葉遊びにも見えるが、この句には不思議な生命感が宿っている。

蝶夏へくろがねの翅うち合はす　柊ひろこ

（「俳壇」平成二十五年五月号）

上五の置き方が絶妙である。これがかりに「夏の蝶」であれば、一句の魅力は半減してしまうだろう。「夏へ」という方向性をもった措辞には強固な意力が感じられ、それが中七・下五の重厚な表現と見事に響き合う。玉鋼を打ち延べたような堂々たる一物仕立ての佳句。

氷より黒目みひらき初鰹　田島和生

（「俳句」平成二十一年八月号）

「初鰹」の句を読むと、写生の要諦は何を略し何を描くかにあるのだと言いたくなる。見開かれた「黒目」の描写だけで、初鰹の瑞々しさのみならず、青葉の時期ならではの、心が洗われるような清々しさまで実感できてしまうのである。

にぎやかに市畳まるる薄暑かな　黛まどか

初なすび水軋ませて洗ひけり

（「俳壇」平成二十二年十月号）

「革命記念日」と題する連作の中の二句。「薄暑」の句は、前後から推してパリでの嘱目の風景だろう。午後から夕方にかけての喧騒の中で市が畳まれてゆく。だが日はまだ永いし、夜の華やぎもこれからだ。「にぎやかに」は、作者のそんな浮き立つ気持ちも表しているのである。その次の句は「水軋ませて」という表現が秀逸だ。水を弾く初茄子の陶器のような手触りと艶がはっきりと感じられ、キュッキュと鳴る音まで聞えてくる。

うらがへし猫の蚤取る生きる意味　髙柳克弘

豆腐屋を走ってとめる若葉かな　市川きつね

（「俳句」平成二十四年七月号）

髙柳氏の作品は「生きる意味」十二句のなかのひとつ。表題作であることからこの句に対する作者の自負心が窺われる。上五中七にそれぞれ動詞があるので、本来なら下五はあっさり名詞で受け、たとえば「四畳半」のように場所をもってくるとか、「夕まぐれ」のように時間的な語を置くとかするのが常道だろう。その点で「生きる意味」はまったく意表をつく措辞だ。こうした観念的な表現が俳句になじまないことは、髙柳氏ほどの俳人なら百も承知だろう。だが、のちに名句とされる句を詠むためには横紙破りも必要だ。これが俳壇に一石を投じる句となり得るかどうか、もう少し時間をかけて見極めたい。

髙柳氏の作品の余韻が残るままページを繰っているうちに目にとまったのが市川氏の句だ。人生のなかで豆腐屋を呼びとめることなど泡沫に等しい些事かもしれない。しかしそのときの作者にとっては、それが何よりの喫緊事だったはずである。つまり「豆腐屋を走ってとめる」ことこそが、この場合、「生きる意味」そのものだったのではなかろうか。そう考えれば、ことさら「生きる意味」などと構えなくても、俳句作品のひとつひとつがその意味の具体的な提示だという見方もできそうだ。

桐の花やはり日当りながら落つ　後藤立夫

涼風の涼しいところ選び吹く

（「俳壇」平成二十五年八月号）

一句目は言うまでもなく高浜虚子の〈桐一葉日当りながら落ちにけり〉を踏まえての作。「やはり」という理知的な語がおかし味を引き出している。原句の幽玄閑寂な趣を卑俗滑稽なものに移したところに、蕉風以前の俳諧の活力を積極的に取り入れようとの意欲を感じる。二句目の頓智のきいた作風にも作者の俳諧志向が見て取れる。

客の背に深き一礼鉄線花　杉山三枝子

社長訓挟む手帳や更衣

（「俳壇」平成二十年七月号）

大会社よりも、むしろ下町の小さな店舗か営業所を連想した。用談の済んだ顧客を外で見送っている場面だろう。「客の背に」というところが奥ゆかしい。鉄線花のイメージと重なり、楚々として気品のある女性社員の姿が見えてきた。

二句目の社長訓の中身は「道なきところに道を切り開け」とか「大輪の花を咲かせよう」とかいった類の、少々泥臭い、社長自身の人生哲学なのだろう。それを律儀に手帳に挟み込んだ従業員の夏服がすがすがしい。

揚ひばり体かろしと間違えて　池田澄子

（「俳句」平成二十年二月号）

雲雀があんなに高々と宙に浮いていられるのは、何か裏づけや根拠があってのことなのだろうか。ひょっとして、自分は空気のように軽いと勘違いしているだけなのではないか。でも、案外そんな勘違いのせいで、途轍もないことが易々とできてしまうのかもしれない。われわれ人間にしても同じだろう。とぼけた味わいのうちに作者の楽観的で前向きな人生観が伝わってくる。

砂湯みな淋しげに見え南風　友岡子郷

（「俳句」平成二十二年八月号）

「淋しげに」という措辞が、この句に深々とした奥行きを与えているように思われる。たしかに砂湯の客たちが顔だけを出し、一人ひとり天を仰いでいる様子は淋しさが漂う。これは人間が本来、孤独な存在であることを象徴しているかのようだ。この句の前後に〈牢抜けのさまに寄居虫急ぎをり〉と〈夕靄のただよひきたる馬刀の穴〉が置かれているのも興味深い。砂地に並ぶ人間の顔を寄居虫や馬刀貝と同列に見るあたりに作者の俳人としての凄みを感じた。

南風や振り下ろしたる鍬に音

山本一歩

（「俳句四季」平成二十六年五月号）

細部に宿るのは神ばかりではない。俳句の命もまた同様だ。ほんの一字がその死命を制することだってある……などと考えたのは、この句の「鍬に音」にいたく感心したせいである。これが凡手なら「鍬の音」と書くところだ。そうすれば景気のいい音が響いてくる。しかし山本氏は「鍬に」とした。音が鍬に張りついて離れないのだ。「南風」がもたらす伸びやかな大景が、鍬先のひそやかな音とつながられ、読者の意識を少し屈折させる。この技法は〈たかんなのひかり掘り当てられにけり〉にも見て取れる。末尾の受動態の効果で、明るさのなかに少々屈折した心理が影を落としている。

麦の秋どのひと粒も海に朽つ

照井　翠

（「俳句」平成二十六年九月号）

この句がヨハネ伝福音書の「一粒の麦、地に落ちて死なずば、唯一つにて在らん、もし死なば、多くの果《み》を結ぶべし」（『文語訳 新約聖書 詩篇付』岩波文庫）を踏まえていることはほぼまちがいない。照井氏は、このイエスの言葉をあっさり退け、あらゆる幻想や希望や慰撫にすがることをみずからに禁じたのだ。「神」という逃げ場を捨てたのだといってもよい。かつて〈三・一一神はゐないかとても小さい〉（『龍宮』）と詠んだ作者の到達点をみた思いがする。この連作二十一句は、死の荘厳や美への昇華を断ち切ったところから始まっている。その即物的な表現は比類なく強靭だ。二十一世紀文学の極北と呼びたい作品である。

あぢさゐの白にはじまる色の旅

鷹羽狩行

（「俳句」平成二十四年五月号）

旅の主体はアジサイだろう。とすれば、この句はちょっと不思議だ。アジサイが旅するとはどういうことか。もともと旅は地理的に離れたところへ行くものなのに。作者はそれを時間的な推移に転じて用いたのである。実は旅を時間的にとらえることは、芭蕉の有名な「月日は百代の過客にして、行きかふ年もまた旅人なり」（『おくのほそ道』）を引くまでもなく、わが民族の伝統的な思考様式の一つになっている。だが、この句の際立った特徴は、そうした思考に付随しがちな無常観がきれいに取り去られていることだ。「色の旅」という軽やかな措辞がそれを端的に証し立てている。きっとここには作者の人生観が投影されているのだろう。すなわち、春秋に富む青春時代から老境に至るまでの折々に応じ、それぞれ独自の彩りを見出し楽しもうという鷹羽氏の積極的な生き方が伝わってくるのである。

藤蔓の先のうす紅梅雨に入る　山西雅子

鉄片のごとく濡れをり夏落葉

ぴちぴちと芥を走り水馬

（「俳壇」平成二十年九月号）

このように端正で品格のある作品を読むと、写生こそ俳句の王道だといいたくなる。梅雨空に対比される「うす紅」の鮮やかさ、「鉄片」が喚起する濡れ色の落葉の存在感、そして「ぴちぴちと」から伝わる水馬の快活な動き。俳句における写生とは、対象を形容する的確な一語をいかに見出すかということでもあるようだ。

土器の絵の鳥を呼びゐる時鳥　有馬朗人

（「俳壇」平成二十一年九月号）

土器の絵には、古代の人が吹き込んだ呪力があるような気がする。そして時鳥もまた冥土から来た鳥だという俗説がある。この霊力をもった時鳥が、いま土器の絵の鳥を数千年の眠りから目覚めさせようとしているのだ。そう考える時、われわれのなかでも古代人の意識が目覚めているのである。

田植女や天つ白山鴇色に　田島和生

（「俳句」平成二十一年八月号）

「田植女」を詠んでこれほど優雅な句はちょっと見当たらないのではあるまいか。鴇《とき》色の白山がこの世のものとも思えぬ美しさだ。田植女も天女のごとく神々しい。太古の神話世界を見ているような思いがする。

信号はどこまでも青かたつむり　中尾豊子

（「俳句四季」平成二十年九月号）

一台の車もない雨上がりの舗装路を思い浮かべたい。信号は遥か先まですべて青色を点し、その光が濡れた路上に美しく映えている。そこに一匹のかたつむりを配して、何とも伸びやかな作品になった。小林一茶の〈かたつぶりそろそろ登れ富士の山〉の現代版といえようか。

水満たしコップ明るき梅雨入かな　宿谷晃弘
涼しき灯重なりあひてさみしき灯
（「俳句」平成二十四年八月号）

俳句における詩情を論じるとすれば、どちらも好個の実例として挙げたいような作品である。句材はそれぞれ水を入れたコップに外灯と、いたって単純だ。それなのに、これほど豊かな情感が伝わってくるのはなぜだろう。やや突飛な言い方になるが、このような句は作者の裡に若々しい生命力と人生への渇望感がないと作れないような気がする。その意味では、俳句と世代の関係を論じる際の作例にもなり得る佳什だ。

ミナマタフクシマヲトコヅユタツマキ　黒田杏子
（「俳句」平成二十六年九月号）

片仮名ばかりで書かれたこの十七文字が、わたしには岩石に刻まれた「古代文字」にみえる。現代文明が滅んで数百年か数千年ののちに、新たな文明世界の考古学者たちがこの碑文を見つけ、かろうじて伝わる日本語と日本国家の知識を総動員して意味の解読に挑むのだ……。これが放恣な空想でないことは、連作最初の二句〈さかのぼる記憶の谷を遍路鈴〉と〈言霊の巨石を据ゑて山笑ふ〉からもわかろう。黒田氏にとって俳句とは、後世に何事かを残すための記憶のインデックス（見出しや索引）なのかもしれない。五十句のなかに詠まれた多くの人名や固有名詞もまた、それぞれに未来へのメッセージを担っている。

梅雨の夜の髪梳いて影薄れさす　寺井谷子

訪いし者の影濃き梅雨晴れ間

（「俳句」平成二十年八月号）

鏡台に向かって黒髪を梳いていると、そこに映る自分の姿が何やらあわあわとして、亡者めいてきた。それがなかなか妖艶で悪くない。作者は怪談話の薄倖な主人公に自らを重ね合わせ、しばしその耽美世界を楽しんでいるのだ。「影薄れさす」という能動的な措辞に、こうした遊び心がうかがわれる。

一方、自分を訪ねてきた友人は、黒々とした影を落として玄関の外に立っている。その影の濃さは、まさに生きていることの証だ。作者もふっとこの世へ引き戻されたかのような安堵感をおぼえたのではあるまいか。

梅雨茸つひにひとりがペンで刺す　岩淵喜代子

（「俳句」平成二十五年八月号）

この句のおもしろさは「つひに」という大げさな表現に凝縮されている。自分がそうすることは躊躇われるけれど、だれかがペンで刺すことをその場のだれもが期待し、じりじりと待っている、そんな独特の空気まで感じさせる愉快な作品だ。

銭亀がかわいくて寝そべっている　神野紗希

少年は佇つ蛍に選ばれて

（「俳壇」平成二十三年八月号）

作者は俳壇における若手トップランナーの一人。以前NHK・BSの「俳句王国」で司会を務めていたといえば記憶している人も多いはずだ。近現代俳句の研究者でもある。その作風から察するに、有季・十七音節は維持しながらも、五七五のリズムを打ち破る口語俳句の可能性を探求しているようだ。それならばもっと冒険してほしい気もする。大いに注目している作家だ。

螢や握りしめゐて喪ふ手
話すから螢袋を耳にあてよ
誰ひとり帰らぬ虹を渡りけり

照井　翠

（「俳句」平成二十五年十月号）

作者は句集『龍宮』（角川書店、平成二十四年）によって第十二回俳句四季大賞を受賞。この句集は東日本大震災で被災した照井氏が「一人の人間として、津波による無念の死を迎えざるを得なかった数多くの方々への鎮魂の思いを込めて」（「あとがき」）編んだもの。ぜひ購入されたい。名句集だ。

ことによるとあの未曾有の震災体験は、表現者としての照井さんを未開拓の地へと導き入れたのではあるまいか。後戻りのきかぬ河を渡らせて。新作を読みながら、ふとそんなことを考えた。ここに挙げた三句も独特の調べをもっている。一見難解だが、作者がイタコのごとく死者のことばを発していることに気づけば句意は鮮明だろう。

梅雨晴へ磔刑のわがシャツ・パンツ　辻田克巳

一舟として流れ来し竹落葉

（「俳句界」平成二十一年八月号）

磔刑という誇張表現が可笑しい。いわれの無い罪のために、こんな辱めを与える妻が少し恨めしいのだろう。とはいえ、「シャツ・パンツ」と言い放つところに作者の露悪趣味もうかがわれるのだ。

「一舟として」は比喩というよりも、竹落葉自身の意志のように読める。小流れに散った竹の葉は、何の屈託も無く一艘の舟と化して、颯爽と旅に乗り出したのである。

みはるかす甘蔗の穂波よ海ま青　栗田やすし

（「俳句四季」平成二十六年四月号）

俳句とは風景をただ写し取ることでもなければ、その模倣でもないことをこの作品は如実に教えてくれる。壁画を思わせる大胆な構図と、白・青の美しいコントラストは作者が自らの知覚を通して再構成したもう一つの風景、というより、新しい創造世界なのである。

真っ白な穂波と真っ青な海原が同一平面上にまばゆく対置される。この細部を切り捨てた単純化は、すべてを十七音に収める必要上、とられた措置である。それを逆にいえば、俳句がこれほど短いからこそとりえた手法なのだ。俳句創作の醍醐味とは畢竟、俳句という極小の形式でしか表現し得ぬものを追求するところにあるのだろう。

浜の子に遠いあさって夏祭　花谷和子

（「俳壇」平成二十年九月号）

おそらく浜の子が夏祭を待ちわびているのだろう。でも、もう少し広く解したい。子供にとって明後日までの時間は、夏の青い海ほどに煌めき、遠大なのだ。大人になると、明後日どころか一週間が手帳一枚に収まってしまう。

鉾稚児の母の汗とも涙とも　西嶋あさ子

（「俳壇」平成二十六年七月号）

祇園祭の宵山と山鉾巡行に取材した十句中の九句目。最高潮に達した祭の場面に母子のドラマがはめ込まれ、枠物語のような効果をあげている。稚児を見守る母親への共鳴はいかにも女性の作者らしい感受性。「汗とも涙とも」の措辞は、頰に光るものを認めたことによるとも考えられるが、いっそ話の柄を大きくして、ぱらついてきた雨の文学的表現と解したい気がする。巡行当日までの約一ヶ月間、稚児となった子供の母の気苦労や役儀の大きさは非常なものだそうだからだ。掉尾を飾る〈戻り囃子の速さ切なき祭かな〉は、「切なき」が心憎いばかりに効いている。人なつかしさと旅情でわたしの胸も熱くなった。

剝き出しのビルの鉄骨梅雨の月　関根切子
傾きし百葉箱や草いきれ
白南風や海を切り裂く高速船
吊り下ろすコンテナの影凌霄花

（「俳句四季」平成二十三年九月号）

作者は平成二十二年「伊吹嶺」新人賞を受賞したホープ。その作風はあくまで写生的でありながら、類型を突き抜けた独自性を感じさせる。おそらくそれは、対象の切り取り方がユニークなせいだろう。

ここに掲出したのは「凌霄花」八句のうちの半数だが、これだけみてもその個性は明らかだ。関根さんの関心は全きものの美しさや、静止的な閑寂の世界にはない。鉄骨を剝き出しにした完成途上のビルや、傾いてしまった百葉箱という不完全なもの、あるいは「海を切り裂く」や「吊り下ろす」といった動きのさなかに詩因を見出し、それをぐいぐいと骨太の直線で描写するのだ。これらの句が無機的なものを対象としているのに生気にあふれているのは、季語が大きく働いているせいだろう。この力強い大胆な写生法に、現代俳句ならではの新しさを感じた。

梅雨ふかし飼はれて砂に鮃《ひらめ》の目　　鍵和田秞子
（「俳句」平成二十年九月号）

たぶん割烹店の生簀か水槽にいるヒラメだろう。「飼はれて」が可笑しい。臆病そうに目だけ出している様子が可愛くて、ペットのように見えたのだ。でも、いずれ調理されてしまう境遇なのである。そう考えて、梅雨空ほどに気持ちが曇ったのだろう。

梅雨深し猫のからだをめぐる縞　　津川絵理子

同じ味して七色のゼリーかな

樹をはなれゆく走り根や晩夏光

俳句のオリジナリティーは、季節の推移をどれだけ個性的に把握できるかにかかっている。その点で津川氏の作品は際立って個性的だ。

（「俳壇」平成二十五年八月号）

おそらく彼女はこんなふうにして句を作るのだろう。あるとき、日常の当たり前の風景に何だか違和感をおぼえる。その、当たり前が当たり前でなくなるところを丹念に描写し、季節感に結び付けるのである。たとえば、猫と縞模様がふと分離してみえる。そして「縞」が「猫のからだ」をめぐっていると受けとめたとき深まりゆく梅雨を実感したのだ。あるいは「七色のゼリー」が実はみな「同じ味」だと気づいたとき、盛夏に特有の、あの放心させるような空漠感をおぼえたのではないか。そして大樹の走り根に独自の生命力を見出し、それが「樹をはなれゆく」ように思ったとき、去りゆく夏の姿を捉えたのであろう。五感の働かせ方次第で新鮮な句が生み出せることをこれらの作品は教えてくれる。

沈黙も梅雨も深くて谷の家　石田郷子

（「俳句」平成二十六年八月号）

蕪村の〈さみだれや大河の前に家二軒〉は古典的名句だが、もし句会にこの種の作品が出されたら、きっと心のなかで舌打ちするだろう。いまさらこういう作風を追求しても詮無い事なのにと感じつつ。もっと心理的な綾がないと現代俳句としては物足りない気がするのだ。たとえば石田氏の「沈黙も」という措辞のような……。掲出句に心惹かれたのは、これが南画風の写生句だからではない。わたしには「谷の家」が東日本大震災後のわが国と二重写しに見えるのである。責任ある者が情報を秘匿して沈黙し、独善的政策が国を孤立させている。関東大震災後の日本とどこか似ている。平成後期の雰囲気を伝える一句として記憶したい。

サラリーマンの首にネクタイ鰻の日　芝崎綾子

（「俳句」平成二十二年八月号）

夏の土用の丑の日に鰻を食べる習慣があるからといって、「鰻の日」はちょっと言いすぎだろうと、それほど鰻が好きでもないわたしは思うのだが、作者としては、この日は断乎として「鰻の日」なのだろう。そう断定されると、サラリーマンの首からだらりと下がっているネクタイまで鰻めいてくる。

龍之介忌影なき道に踏み入りぬ　永島靖子

（「俳句」平成二十五年九月号）

龍之介が自死した日は相当暑かったらしく、内田百閒が随想のなかで「芥川君の死因については、種種の複雑な想像が行はれたが、さう云ふ色色の原因の上に、あんまり暑いので、腹を立てて死んだのだらうと私は考へた」と書いている（「河童忌」『私の「漱石」と「龍之介」』ちくま文庫）。その後も命日になるときまって暑くなったようで、菊池寛の〈年毎の二十四日のあつさ哉〉という句が同じ随想に紹介されている。

永島氏の作品もそのへんの事情を踏まえてのものだろう。ただ、「河童忌」という通称を用いず、あえて字余りとなる「龍之介忌」を上五に据えたところに、作者のこの作家に対する並々ならぬ思い入れがうかがわれる。龍之介の苦悩を追体験しているかのような緊迫感すら伝わってくる。

山百合忌鶴見俊輔氏に黙禱　黒田杏子

（「俳句」平成二十七年十一月号）

それ自体が何かの詞書のようなこの作品に、次の詞書がある。「『山百合忌』は七月三十一日。社会学者・歌人鶴見和子に学び語る会として全国から有志が集う。美智子皇后もたびたび参加される。九回目のことしは七月二十日に弟の鶴見俊輔氏が発たれ、長文のメッセージは絶筆となる」。

ここに美智子皇后のお名前をみて、わたしは強く胸打たれた。皇后は有志の一人として、自ら進んでこの会に参加されているのだろう。そしてわが国の真にリベラルな思想家であった鶴見俊輔とかくのごとく連帯している。戦後七十年を迎えた日本が、これから明るい方向へ進むための道しるべとして、この句を詞書ごと記憶したい。

夏帽の鍔《つば》の下なる槍・穂高　鷹羽狩行

（「俳句」平成二十六年六月号）

この句のおもしろさは第一に、巨大な自分と矮小化された自然の対比にある。天下の秀峰を肩に来る小鳥ほどの大きさに見るのは神の視点だ。誓子の〈掌に枯野の低き日を愛づる〉と同種の趣向だろう。第二に、「鍔」が刀を連想させ、「槍」とともに武人の俤《おもかげ》を探らせる仕組になっていることである。ここは松本藩主の故事を踏まえた付け筋でゆこうか、などと歌仙の連衆気分で読み解きたくなる作品なのだ。一体に誓子の句は発句に向かないと誰かが書いていたが、その自己完結性ゆえに読者を黙らせてしまうということなのだろう。鷹羽氏の句は逆に、読み手を対話に誘い、饒舌にさせる。「社交性俳句」と呼んだら不謹慎か。

父のせし通りに水を盗みけり　岬雪夫

たっぷりと水盗みきて寝つかれず

（「俳句」平成二十一年九月号）

八十歳の私の父は、夜中になると子供時代のつらい思い出がまざまざと甦ってきて寝付かれなくなるという。歳月は心の傷を癒すわけではなさそうだ。この句の作者も同じなのだろう。しかも今は、当時の父親の気持ちが手に取るように分かるだけに、哀しみは一段と深まって安眠を許さないのである。

夫の恋見て見ぬふりの破れ傘

佐藤文子

（「俳句」平成二十六年八月号）

佐藤氏の作品に目が釘付けになった。たぶん草城の「ミヤコホテル」十句を「俳句研究」昭和九年四月号で見た人たちもこんな驚きの感に打たれたのではあるまいか。「破れ傘」八句はここ数年類のない連作だと思う。〈葉鶏頭喧嘩を売りに来る女〉と、冒頭から迫力十分。二句目が〈毒婦とは知らぬが仏花カンナ〉で、三番目にこの「夫の恋」の句がくる。不倫や浮気といわず恋と呼んだところは懐の深さだろうか。「破れ傘」には荒寥たる心中がうかがわれるけれど。これだけ深刻なテーマを扱いながら、湿った個所が一切ないことにも注目したい。鋼のように強度のある言葉遣いのせいで、一種の高揚感すらおぼえるのである。

金魚鉢が仕切る営業一課二課　五明　昇

（「俳句界」平成二十六年五月号）

「金魚鉢」のイメージ喚起力は絶大だ。この懐古趣味的な季語のせいで鄙びた事務所の内部がありありと見えてくる。机には中古で買った一時代前のパソコンのほかにソロバンまである。一課と二課はライバル同士なのだろうが、企業戦士がしのぎを削るという緊迫感とは程遠く、笑い声を立てている者もいる。昼休みにはラジオからウクレレの奏でるハワイアンが流れてきそうだ。金魚鉢一つで郷愁を誘うこんな牧歌的な風景が立ち現れるのである。ところで金魚の餌は誰がやるのだろう。課長の役目か。わたしが小六のとき、やはりクラスで金魚を飼っていて、そういえば学級長のわたしが餌やり係だったのを思い出した。

絹の道宿の大きな金魚かな　有馬朗人

孫悟空の面のあふるる夜店かな

（「俳句」平成二十年十月号）

「絹の道」と題する五十句の中からこの二句を引いてみた。海外詠における作者の哲学がよく現れていると思われるからだ。「金魚」も「夜店」も、江戸情緒と呼べそうな和風の情趣に富んだ季語である（もっとも金魚の原産地は中国の江西省とのことだが）。その季語を悠久なるシルクロード地域の景色に配することによって、一種の異化作用が起こるのだ。すなわち、シルクロードが東海道や中山道のようにわれわれの身近な存在へと一変するのである。

海外詠にことさら異国情緒を盛り込む必要はない、普段どおりに詠めばそれで十分なのだと作者は考えているのだろう。白夜の句で始まるこの連作が、〈箱庭や美しかりき江戸の闇〉で閉じられているのも、そうした考えの上に立ってのことと推察する。

大海の一滴となり夏に坐す

高野ムツオ

（「俳句四季」平成二十一年九月号）

「大海」は命を育む大いなる母の胎内を、「一滴」はそこに宿された命そのものを表象しているように思われる。その「一滴」が「坐す」というとき、われわれは自ずと瞑想する仏の姿を想像するのではあるまいか。作者は十七音によって独自の胎蔵界曼荼羅を描き出し、生命の本源的な輝きを賛美しているのだ。

夏こそが恋の季節とホーホケキョ

前田吐実男

（「俳句四季」平成二十六年八月号）

「俳句」平成二十六年八月号の特集に寄せられた「教科書に載せたい一句」にことさら異を立てるつもりはないが、わたしなら前田氏の句を推す。掲出句のように八方破れで明るくて、下手な文学趣味など微塵もない（大概の小学生は深刻ぶったものがきらいだ）、そして口誦性に富んだこの人の作品は国語の教材にうってつけだろう。〈海鞘真っ二つに切ればニョロニョロ切な糞《ぐそ》〉〈蜘蛛ゴキブリゲジゲジ百足何奴も此奴も梅雨の客〉などにも子供が喜びそうな句材が山盛りだ。もし囚われの身にでもなった暁には、この作者の句集を差入れてもらうにかぎる。検閲で止められる気遣はまずないが、ここにはふてぶてしいほど強靭な無頼の精神がみなぎっている。

づか〳〵と夏の踊り子号に乗る

仁平　勝

（「俳句」平成二十六年十月号）

これは素十の〈づか〳〵と来て踊子にさゝやける〉のいわば本歌取り。それが連作劈頭に置かれていることは意味深い。上五の粗暴な印象は作品全体に影を落とし、作者は終始無愛想で不機嫌なのだ。素十の句の発表は昭和十一年。列車名の由来となった川端康成の出世作

『伊豆の踊子』の単行本化は昭和二年。連作の半ばにも誓子の木枯の名吟（昭和十九年作）をもじった〈土を出て蚯蚓の帰るところなし〉がある。そして末尾は〈戦争が近づいてゐる花野かな〉。ここから冒頭に戻れば、「戦前」の気配が濃厚な一連の作が円環をなす仕組みである。すなわち仁平氏は、昭和の暗い時代と現代を一続きのものとして捉えているのだ。

意地悪き舅に仕へ洗ひ飯　中田水光

（「俳句界」平成二十二年八月号）

あけすけなほど正直な詠み方にちょっとたじろいだが、こう詠むことで胸のつかえが下りるなら俳句の功徳というものだ。ただし作者は男性だから（中田雅敏名義で多くの著書をもつ国文学者である）、ことによるとこれは母の境涯の追憶だろうか。「洗ひ飯」から鄙びた土地の旧家の暮らしを連想した。

ＣＴに写らぬ痛み薔薇真つ赤　松田理恵

（「俳壇」平成二十年五月号）

私の老母が「死ぬほど体が痛い」というので病院に連れて行った。検査の結果、何も異常はないという。母は「なんでこの痛みを分かってくれないかなあ」と涙をにじませてつぶやいた。そのつぶやきを絵にすれば「薔薇真つ赤」になるのだろう。

インタビュー受けつゝ庭の薔薇に目を　星野　椿

（「俳句」平成二十二年七月号）

作者が星野立子の娘、つまり高浜虚子の孫であることを思えば、この句の趣は一段と深まる。虚子も〈手を頬に話きゝをり目は百合に〉と詠んでいるからだ。作者は心の中で虚子と自分の所作を重ね合わせ、在りし日の祖父の面影を懐かしく思い浮かべているのだろう。

立葵かはるがはるに泣いてをる　井越芳子

くちなはのしづかな水を進むなり

（「俳句」平成二十四年八月号）

この二句の末尾に注目したい。これがもし「泣いてをり」（あるいは「泣いてゐる」）や「進みけり」だったら（大概の俳句作家はそうするように思う）、句の面白味は半減してしまうのではあるまいか。「をる」「なり」の古風で、厳めしそうで、ほのかに可笑しい語感が絶妙な働きをしているのだ。そのせいで読者は現生とは異なる世界、たとえば説話のなかにでも誘われたような気分になる。読後の静寂な余韻に浸りながら、わたしは時の流れがゆるやかになっているのに気づいた。

花合歓に息を抜きたる風ばかり　古賀雪江

（「俳句界」平成二十五年八月号）

可憐な合歓の花に対しては、風もまたいたわるように優しく吹くものらしい。作者はそんな風のはからいを「息を抜きたる」と卓抜な擬人法で表現したのである。午睡の静かな時間帯を連想した。

蛇跨ぐ児がゐて動かざる故郷　千田一路

（「俳壇」平成二十五年八月号）

たとえば蛇を跨ぐ児に桃太郎や金太郎のイメージを重ねて読んでもいいし、大蛇を退治したスサノオや龍の子太郎のおもかげを探ることも可能だろう。すなわちこの「児」は日本各地に伝わる怪力童子の象徴としての一面を担っているのだ。「動かざる故郷」という力に満ちた、普遍性のある措辞によって、われわれは自分の郷里を想起しつつ、この句から雄心を奮い起こされるだろう。

泊船の太き鎖や洗ひ髪　大木あまり

（「俳句」平成二十五年九月号）

季語の斡旋に意表を衝かれた。まさに二物衝撃の妙だろう。評者には「泊船の太き鎖」が綱のように綯われた女性の黒髪とだぶって見えてきたのである。「男は船、女は港」ということばもあるが、この句にはその「船」をつなぎとめようとする強い情念が秘められているようだ……といえば穿ちすぎだろうか。

すぐ上の水面が遠し水中花　中本憲己

腸もなめくぢ色に踏まれけり

（「俳句界」平成二十一年七月号）

水中花の位置に身を置いて、水面を見上げているのである。実際にそんなことができるはずはないのに、魚眼レンズを覗くように、小さく遠い水面が見えてくるから不思議だ。水中花に投影された作者の孤独感が伝わってくる。

踏まれても声も出さず、血も流さない。なめくじは、なめくじ色に潰れるだけだ。この、あくまでも消極的な生き物が、ふといじらしくなる。

中本氏は卑小な対象を好んで取り上げるだけでなく、その対象と同化してしまう。そこにこの作者の持ち味があるように思われる。

蠅捕蜘蛛新撰組の顔をして　　福永法弘

（「俳句」平成二十五年九月号）

上出来のポンチ絵のように痛快な作品。福永氏の奇抜な発想に脱帽だ。もっとも当時こんな絵を描いたら新撰組にバッサリ斬られたかもしれない。

こういう句はただ面白がれば十分な気もするが、あえて解説すれば、作者は一種のトリックを用いている。つまりわれわれは新撰組の顔など知らないのだ。彼らの装束の白黒のツートンカラーが蠅捕蜘蛛の柄と重なり合い、その大きな頭部と目を思い浮かべているのにすぎない。それを「新撰組の顔」ということによって蠅捕蜘蛛がにわかに人間めいてくる。

女郎蜘蛛ジゴロもちょんと隅にをる　　本井英

（「俳句」平成二十二年二月号）

何とも滑稽な句で、思わずふき出してしまう。このジゴロはもちろん雄蜘蛛のことだが、「ちょんと隅にをる」というくだけた表現がうまい。威風堂々たる雌蜘蛛に対して、雄のほうはいかにも軽量級で、貫禄の無いこと甚だしい。これは人の世のカリカチュアだ。一般にジゴロと言えば、女性に養われて生活している情けないような羨ましいような色男のことだが、彼らにもそれなりの苦労があるのにちがいない。ジゴロにとって重要な役目の一つは、女性の引き立て役になることである。女性の美を際立たせるために、自らは装飾品なり消耗品なりになる覚悟が必要だ。蜘蛛の世界では交尾の後、雌が雄を食ってしまうそうだが、ジゴロの暮らしにもそうしたリスクが伴うのかもしれないと思えば、そんなに羨ましくもなくなる。

銀の蜘蛛大曼茶羅を宙に画く　　いのうえかつこ
（「俳句」平成二十年八月号）

銀色に輝く蜘蛛がなんとも神々しい。ふと芥川龍之介の『蜘蛛の糸』を思い出した。この蜘蛛もひょっとすると仏陀の使いなのかもしれない。そして天空の一角に大曼茶羅を描き、俗世の我々に何事かを伝達しようとしているのだろう。

倒木の大枝縛る蟻の列　　三村凌霄
（「俳句」平成二十六年八月号）

「縛る」に脱帽。この語の働きで「蟻の列」が錆色の細かい鎖に見えてくる。これはいわゆる見立ての句に分類できそうだが、このような見立ては作者の得意分野らしく、ほかにも〈昼月のやうにボートの遠ざかる〉や〈合歓の花ちりぬ目頭ほどの紅〉といった卓抜な比喩を用いた句がある。略歴によれば「銀化」同人、「群青」同人・編集長の由。「銀化」主宰の中原道夫氏にも〈瀧壷に瀧活けてある眺めかな〉という比喩仕立ての名吟がある。三村氏の作風は師匠譲りか。表題「御車代」の元になっている〈夏帯に御車代をしまひけり〉は、俗気も十分にある風流人士を描いて俳諧味たっぷり。ひょっとして師匠がモデルだろうか。

蟻の胴はづせしごとく登山の荷　折井眞琴

（「俳壇」平成二十五年十一月号）

巨大蟻は重たい胴体を外してどこへ行ってしまったのか。作者のちょっとグロテスクでユーモラスな比喩によって見慣れた駅コンコースの風景がシュールな世界に一変する。

老齢の蟻もをらむに蟻走る　今坂柳二

（「俳句αあるふぁ」平成二十五年六 - 七月号）

「老齢の蟻」には意表を衝かれた。ここまで蟻の身になって蟻を詠んだ句があっただろうか。きっと作者に同類相憐れむの感があったのだろう。そう思うと、芭蕉ではないが、面白さのうちに次第に哀しさの募ってくる作品である。ちなみに『俳句歳時記　第四版増補　夏』（角川学芸出版）によれば、「働き蟻で一～二年、雌蟻で十年前後生きる」そうだ。

蟬生れて己れのこゑに震へけり　津川琉衣

（「俳壇」平成二十年八月号）

殻から抜け出たばかりの蟬が、初めて出す自分の声にびくっと驚いたのである。「震へけり」という繊細な描写がすばらしい。一読、敬虔な気持ちにさせられた。

硝子器に森なすパセリ真珠婚

パセリといえば鷹羽狩行氏の〈摩天楼より新緑がパセリほど〉が即座に思い浮かぶけれど、こちらは同氏の句とは逆に、パセリを森に見立てたところがユニークだ。「硝子器」「森」「パセリ」「真珠」という言葉が互いに響き合い、非常に瑞々しい。結婚三十周年をこれほど新鮮な気持ちで迎えられることに感動をおぼえる。

もう何も出てこぬ蟬の穴の数　鶴岡加苗

この作品は、今日よりもさらに楽しい明日を夢見ることができる人のものだと思われる。

（「俳句四季」平成二十六年七月号）

空っぽの穴が空っぽのままなんてつまらない。どうして手品のように次の出し物がないのだろうと納得のゆかぬ子供のような心が垣間見えるのだ。人生を明るい相でとらえ、期待感と好奇心をもって周囲を見渡す作者の目には、われわれが気にもとめないことが不思議に映るらしい。〈うつむいて吹いても空へしやぼん玉〉〈信号の赤が真赤に夏の雨〉〈長き夜の指人形の中に指〉など独自の感性で詠まれた「指」三十句は、第二回俳句四季新人賞受賞作。昭和四十九年生まれの若手だが、「狩」で「弓賞」と評論賞を同時受賞している本格派である。

貝風鈴掛くるまへより鳴りだせり

空蟬をはづすに少し力要る

安倍真理子

（「俳句」平成二十二年七月号）

英語の俳句解説用語に haiku moment（俳句的瞬間）というのがあるが、この二句などその適例に挙げることができそうだ。どちらもさりげない一瞬の動作の内に感覚を研ぎ澄ませ、そこからまことに清新な詩情を引き出している。貝風鈴を掛ける間際に聞いた音色にせよ、蟬の抜け殻を外す刹那の力の入れ具合にせよ、もし俳句という文芸がなければ忽ち忘却され、こんなふうに書きとめられることもなかったはずだ。だが、その微々たる事柄も俳句の筆に写せば、これほど豊かな躍動感を示すのである。われわれの生とは、本来このように煌めく一瞬一瞬の無限の連鎖なのかもしれない。そしてこの生の充実を自覚する瞬間こそがhaiku momentなのだろう。

アナタは死後も玉虫色に光る玉虫

池田澄子

（「俳壇」平成二十四年六月号）

世に「澄子調」と言われる独特の調べで〈じゃんけんで負けて螢に生まれたの〉はあまりに有名）口語俳句に新生面を開いた人の、これも極めて個性的な一句。「アナタ」という片仮名表記のとんがった感じや、「玉虫色」の揶揄的な意味合い（例えば玉虫色の答弁などと用いたときの）がこの追悼句に複雑な陰影を与えている。七七七の破調を張りの強い弓のように引き締め、ナンセンスと紙一重の内容を格調高く詠んでしまう作者の力量を再認識した。

絹の道はろばろと来し紙魚ならん

丹野麻衣子

（「俳句」平成二十六年九月号）

紙魚の原産地は、などと一般論を語っているのではない。それがどこかから現れたのをみての感慨である。たぶん、シルクロードを連想させる船載の品から出てきたのだろう。オリエンタル調の衣服とか、ペルシア語の図書とか……。わたしにも似た体験がある。注文したロシア語の本を段ボール箱から取出したら、箱の底の継目に二匹の紙魚が逃げ込んだのだ。かれらの長旅を思ってしみじみしたものである。掲出句の魅力は「はろばろ」の語感によるところがすこぶる大きい。この万葉風の雅な調べが悠久の時間と広大な景をみごとに写し取っている。そして「ならん」の古雅な響きは、この句の気韻をさらに高めている。

蟻地獄きみが天女になるなんて
控へ目の原発反対水くらげ

岡本久一

（「俳句四季」平成二十四年十二月）

藤田湘子に『男の俳句、女の俳句』（角川書店）という本があったけれど、「天女」の句など、さだめし「男の俳句」の秀作だろう。軽薄すれすれの軽さと明るさとウィット（「蟻地獄」から「天女」への鮮やかな価値の転換）といったこの句の特色は、そのままもてる男の条件にあてはまる。すなわちこれは女心をくすぐる男の俳句なのである（王朝和歌ではないのだから別に俳句でもてる必要性はないのだが……)。
　こういう洒落た句の作者は、原発問題を詠むにしても浮薄なくらい軽やかだ。無論、政治意識が希薄なせいではない。むしろその逆だろう(でなければ、あえて原発などに材を取ったりはしまい)。だが、深刻なことを深刻に作るのは野暮だとの意識があるのにちがいない。この句にも作者のダンディズム(男の美学)を感じ取った。

二階建旅館二階の冷蔵庫　　池田澄子

(「俳句」平成二十年二月号)

「二階の冷蔵庫」という具体描写が可笑しい。この旅館がドールハウスのように感じられてくる。あるいは自分が雲衝くような巨人になって、二階の窓を覗き込んでいるような気分になる。

夏雲の奥なほ蒼き氷河立つ　　澤田緑生

(「俳句四季」平成二十一年五月号)

　氷河とは高山の積雪が氷となって、ゆるやかに下降し始めたものだが、作者はそれを「立つ」と見たのである。天に聳える純白の夏雲と、その奥で天に向って立ち上がる蒼い氷河の対比がこの上なく美しい。

占ひのをんな西日を裏返す　北村峰子

（「俳句界」平成二十年十月号）

西日が当っているタロットカードをひっくり返したのだ。それを「西日を裏返す」と断定したことによって凄みが出た。占い師が超自然的な現象を引き起こす魔女のように感じられる。

一本の草抜きに立つ端居かな　岡本高明

遠山に日のあり夕立走りをり

（「俳壇」平成二十一年八月号）

「端居」の句を読みながら、たぶん老境に入るとはこういうことなのだろうと感じ入った。一本の雑草を引き抜くだけでも生は充足するのだ。

「遠山に日」とくれば、誰しも高浜虚子の〈遠山に日の当りたる枯野かな〉を思い浮かべるだろう。「夕立」の句も虚子の描いた情景の影響を免れない。というよりむしろわれわれは、虚子の作品の力によって、遠山の前に広大な野原を想像するのだ。そこを走る夕立の何と爽快なことか。

かへりみる道なつかしく夏野行く　小川軽舟

（「俳句」平成二十六年七月号）

「『鷹』創刊五十周年」と前書があるこの句を、すこし物足りなく感じた「鷹」会員もいるかもしれない。気負いがまったく感じられないからだ。しかしそれが小川氏の持ち味なのだろう。野の草を手折りながら、来し方を遠く見やるおっとりとして粋な風情こそこの人にはふさわしい。生前湘子は「軽舟、一流になれ」「俳句で天下を取れ」と激励したそうだが（『シリーズ自句自解Ｉベスト100小川軽舟』ふらんす堂）、そのような闘志はあらわにしない。能ある鷹なのだ。〈夕日なきゆふぐれ白し落葉焚〉（前掲書）はわたしが特に愛する一句。存外この作者は森澄雄と近いのではないか。前掲書の自解を読みながら、そんなことを思った。

青野いまこちら向きして来つつあり　緒方　敬

（「俳壇」平成二十四年六月号）

本来動けないはずの植物がひたひたと迫ってくる不気味な気配を感受できる俳人がときたまいるらしい。作者もその一人だ。青野がざわざわと音を立てながら、いっせいに迫ってくるさまは想像するだけで鳥肌が立つ。正木ゆう子の〈わが行けばうしろ閉ぢゆく薄原〉を読んだときも、その種の怖さを感じた。ロシアのハイク作家ナタリヤ・レヴィにも、〈大草原から／もう長いこと私を追いかけている／フユガラシの花〉というロシア語の三行詩があるが、これなども、フユガラシの繁殖力に作者がいささか怖気づいている様子が伝わってくる。
余談ながら、万事におくてで、おっとりした若者のことを昨今「草食系男子」と呼んでいるけれど、植物も動物に負けず劣らずアグレッシブだとすれば、草食系とて侮れまい。

万骨の一片として夏痩せて　出口善子
夕焼ける男一人を土に還し
男らが乳母車押す昭和の日

（「俳句界」平成二十四年二月号）

「万骨」といえば「一将功成りて万骨枯る」という故事成語が直ちに頭に浮かぶ。すなわちそれは戦を連想させるのだ。そこからこの句を芭蕉の〈夏草や兵共がゆめの跡〉と関連付けて読むのも一法だろう。だがこの「夏痩せて」は、むしろ作者自身の戦争体験とより強く結びついているような気がする。作品に添えられた略歴によれば、出口氏は昭和十四年大阪市に生まれている。ということは終戦の年、六歳だったわけだ。おそらく大阪大空襲に遭い、「少国民」として否応なく戦時体制に組み込まれたとはいえ、世代的には戦後の「焼け跡派」に属する。だが、そんな詮索はあまり意味がないのかもしれない。

肝心なのは、作品を見る限り、作者のなかで戦争はまだ片付いていないことである。それゆえ今の自分を「万骨の一片」と認識せざるを得ないのだ。その脈絡において二句目をみれば、「男一人」といったぞんざいな言い方も、戦時的な荒々しい状況にこそふさわしく思われる。そして「土に還し」という即物的表現が、戦友を葬るさますら想像させるのである。三句目にしても同様だ。作者がこの「男ら」の姿に何か違和感をおぼえていることは、「昭和の日」を季語に選んだことにも見て取れよう。戦争体験の風化がしばしば問題にされるけれども、それは戦争を知らない世代に言うことであって、体験者にとっては、風化どころか、折に触れ新たな記憶として蘇るほどそれは根深く重いものなのだろう。

雲閑か地は万緑をもて応へ　加藤耕子

（「俳句四季」平成二十三年十月号）

前書に「英国俳句協会初代会長J・K氏墓開き」とある。J・K氏とは大の親日家であった英国の詩人ジェームズ・カーカップ氏（一九一八〜二〇〇九）。日本の諸大学で三十年余り教鞭をとり、余生はイギリスで送っていた。加藤氏の主宰誌「耕 Kō」の顧問でもあった。没後二年経った平成二十三年七月、京都嵯峨野の常寂光寺で墓開きが執り行われたことが「耕 Kō」（十月一日発行）に記されている。故人への敬愛の情に満ちた一句だ。

地に満ちる声なき絆青芒　花谷和子

（「俳壇」平成二十年九月号）

「声なき絆」とは、いきとし生けるものとの連帯感だ。地を覆う青々とした芒もまた命あるものとして、われわれと心を通わせているのである。

閻王に会はせたき人ありにけり　和田華凛

（「俳壇」平成二十二年十月号）

「閻王」は夏の季語「閻魔参」の傍題。「閻王に会はせたき人」とは誰だろう。たとえば不実を働きながらとぼけ通している夫だろうか。とすれば、自ら閻王となって鼻から煙を吹くほど怒る女性もいそうだが、この句の優しい調べはどうしたことか。怒る前にもう許しているかのようである。菩薩のような作者というべきか（などと緩い評を書くと、大方の女性の顰蹙を買いそうだが……）。

虹の根に朝の窓開け知らざりき　鈴木貞雄

（「俳句四季」平成二十年一月号より）

わが家から虹が立ち昇っているとは夢のような光景だ。その時窓を開けば、七色の光が流れ込むのだろうか。そんなことはあるまい。ごく普通の日差しがあるだけだろう。幸運は後になって分かるものだ。「知らざりき」に人生の機微を感じ取った。

理髪師がくる夕虹を下垂らし　柿本多映

（「俳句」平成二十二年六月号）

『言海』で「したたる（滴る）」を引くと「下垂る、の義」と注釈がある。従って「下垂らし」は「滴らし」と同義に解してよさそうだ。理髪師といえばハサミか剃刀を手にしているイメージがあるけれど、この場合は剃刀か。夕虹が立つ向う側から理髪師がやって来る。剃刀から七色の雫がこぼれているのは虹に触れたせいだろうか。理髪師が神話的世界の大男に思えてくる。

わが影をもらひ出でゆく大緑蔭　鈴木貞雄

（「俳句四季」平成二十年一月号より）

炎天下に付きまとう我が影は、じりじりと焼け焦げているようだ。しかし大緑蔭で一息入れて出てくれば、その影も別物になっている。涼やかな青葉の影の一部が自分に付き従っているような風情なのである。

打水の水の尻尾が遅れけり　大原美和子

（「俳句界」平成二十年八月号）

柄杓から放たれた水は、魚のように身をくねらせて宙を舞い、ぴしゃりと地を打って平たくなる。「尻尾が遅れけり」という的確な描写によって、こうした一連の水の動きがありありと目に浮かぶ。

銀行員水打って道輝やかす　江渡華子

（「俳句」平成二十四年七月号）

銀行員を詠んだ句としては金子兜太氏の〈銀行員等朝より蛍光す烏賊のごとく〉が有名だが、これは日銀に勤めていた同氏の体験を踏まえての自虐的でうら悲しい句だ。卓抜な比喩を用いた独創的な詠みぶりに感心するけれど、これではちょっと銀行員が気の毒になる。それに対して江渡氏の句は溌剌として希望に満ちている。特に「輝やかす」という能動的な表現が魅力的だ。職場が地域社会の発展に役立っていることを誇りに思う銀行員の心の張りまで伝わってくる。

これ以上愛せぬ水を打ってをり

日下野由季

（「俳句四季」平成二十七年十二月号）

歌人の田村元氏とともに、恋をテーマとして挑んだ「俳句と短歌の10作競詠」のなかの一句。この〈水〉は、「水のように冷淡で、つかみどころのないあなた」とパラフレーズできる。〈これ以上愛せぬ〉も両義的で、愛想を尽かしたともとれるが、あふれ出そうなくらい最大限に愛しているという意でもある（だから、打水をして少し減らしているのだ。その読みだと、〈水〉が愛と同義になる）。

他の九句も大人の恋を詠んだ名品揃い。王朝和歌の伝統を継ぐ短歌にひけをとらない見事な出来栄えに感服した。

船のプールただ一息に泳ぎ切り

山崎ひさを

（「俳句αあるふぁ」平成二十六年十・十一月号）

「久しぶりに船旅を楽しんだ。横浜から済州島を経て、台湾一周の十日の旅である」とエッセイにある。表題の「蓬莱国」は台湾のこと。掲出句の〈ただ一息に〉からは、気力の充実と解放感が伝わってきて、わたしの気持も晴れ晴れとしてきた。概して山崎氏の俳句には翳りや心理的な屈折がない。つねに明朗快活なのだ。そしてその明るさのうちに一流のダンディズムがうかがえる。〈DON'T・DISTURB只今昼寝中〉や〈新しきパナマ帽頭《ず》に帰船せり〉の粋な風情はほれぼれするほどである。これらの句を絵画にたとえれば、美術館に麗々しく飾る大作ではないけれど、もっとも寛げる部屋の壁にぜひほしい作品だ。

泳ぎ来て身を裏返す空に星　勝又民樹

（「俳句界」平成二十四年六月号）

この作品を見ると、俳句というより日本語の面白さをつくづく感じる。意味的には中七で切れ、「空に星」は独立した語句のはずなのに、「裏返す」と「空」が癒着した構文とも取れるために、読者は一瞬、星空を泳いでいる錯覚を覚えるのだ。だが、それこそが作者の実感だったのではあるまいか。とすれば、本来切れがあるべきところで切らないことも俳句の効果的な技法と言えそうだ。付言すれば、芭蕉の〈田一枚植て立去る柳かな〉や〈さまざまの事おもひ出す櫻かな〉もその種の句に分類できるような気がする。

自死の友夢のプールを泳ぐなり　冨士眞奈美

（「俳壇」平成二十一年九月号）

「夢のプール」は羊水のように温かく安らかなのだろう。そこで何の屈託も無く泳ぐ亡友の姿に、作者もようやくその自死を受け入れることができたのではあるまいか。

涼やかに刃を並べたるおろし金　大原美和子

（「俳句界」平成二十年八月号）

いかにも切れ味のよさそうなおろし金だ。「刃を並べたる」という描写が面白い。絵本の中に描かれたおろし金のように、一つ一つの刃が誇張されて眼前に立ち現れるのだ。それが「涼やか」なのは、おろし金自体の光沢のせいばかりではあるまい。その近くに置かれている夏料理の素材も大きく与かっているはずだ。

噴水の虹くぐりては巣作りす　髙柳克弘

（「俳句研究」平成二十年秋の号）

巣作りしているのが燕であることは容易に察しがつく。かつて読んだオスカー・ワイルドの『幸福な王子』は、タイトルに反してひたすら悲しい王子と燕の物語だったが、この燕は本当に幸せそうだ。一読、胸がときめいた。

噴水は肩をひろげて頭部《あたま》なし　江里昭彦

（「俳句四季」平成二十三年十二月号）

異様な光景だが、この頭部がない人間は一体だれなのか。「肩をひろげて」という措辞からは威風堂々たる豪傑か巨人が想像できる。ひょっとすると作者の思念に呼応して、この地で斬首された受難者の霊が立ち現れたのかもしれない。この句は「北京のスターバックスでは鳩が寄ってくる」と題する実験的な十六句のなかの一つ。〈重慶はまた炎上を始めたり〉や〈どんと跳ぶ撃たれるときの万歳は〉（いずれも無季）と併せ読めば、これが日中戦争を強く意識したうえで作られたことは明らかだ。

ちりぢりや無念のこゑも噴水も

福谷俊子

（「俳句」平成二十六年八月号）

前後の句から広島平和記念公園での作だとわかる。〈ちりぢりや〉という詠嘆ないし慨嘆が切々と胸に迫りながらも、どこかおっとりした可憐な調子も感じられて興趣深い。そこにうっすらと巧まざるユーモアも滲み出ていると言えば、作者としては不本意だろうか。「無念のこゑ」は原爆で命を落した人々の怨嗟の声だ。その無数の声なき声が、資料館の展示物を見たあと、しばらく心から離れない。わたしにもそんな体験がある。だから噴水のしぶきと一緒にその声を散らせたのは鮮やかな機転だ。死者の声が水玉となって青空に砕け散るイメージは、哀れだけれども同時に明るい。これはもっとも美しい平和への祈りの句である。

一本の麦酒分け合ひさやうなら　今井肖子

風鈴に思ひ出したるやうに風

（「俳壇」平成二十三年八月号）

「俳壇」八月号は「妖怪百物語 ── 見えざるものと私」という特集を組んで、二十一名の五句とエッセイを掲載している。おしなべて俳句より取って置きの怖い体験談を綴ったエッセイのほうが出来栄えがいいような……といえば失礼か。

大方の俳人が句のなかに妖怪変化の類を詠み込んでいるのに対し、今井氏はテーマを離れても違和感なく鑑賞できる自然体の句を並べながら、読み方次第では十分に読者の背筋を寒くさせる離れ技を披露している。「麦酒」の句も、たまたま街で出会った旧友とカフェで軽く一杯ひっかけたという趣を醸し出しているが、エッセイによれば、その相手は自分に憑いた霊（マンション屋上から飛び降りた人らしい）の由。ところでわたしは、俳句と心霊研究にはけっこう共通点があるのではないかと思っている。というのは、どちらも第一に神社仏閣と縁が深いし、第二に森羅万象に生命の存在を認めているふしがあるし、第三に五感を通して常人が見向きもしない繊細微妙な気配を感じ取ろうとするからだ。「思ひ出したるやうに」風鈴を鳴らせる風もまた、霊魂の一形態と言えなくもない。

風鈴屋星のおしゃべり売りにくる　木田千女

（「俳句四季」平成二十二年八月号）

「星のおしゃべり」といえば即座に松本たかしの〈雪だるま星のおしやべりぺちやくちやと〉を思い浮かべるが、これからは木田氏の句も愛誦句としてひと所に記憶することになりそうだ。もうこんな風鈴売りはありそうもないけれど、これは幼い頃の思い出だろうか。夢のように甘美で煌びやかな光景が眼前に開けてくる。

被災地の風鈴泥を出て鳴りぬ　浅川走帆

（「俳句界」平成二十五年五月号）

泥のなかから取り出された風鈴は一体どんな音を立てたのだろう。それは鳴るというにはあまりにも弱々しいが、びっくりするくらい澄んだ音色だったのではないか。復興への希望を感じさせる句だ。

風鈴を外し忌中となりにけり　　櫂未知子

扇風機弱めに母を独り占め

（「俳句」平成二十二年十月号）

忌中札の張られた家の中から涼しげな風鈴の音色が聞えてきたら、たぶん違和感をおぼえるだろう。そこに日常と変わらぬ生活があるのは、なにか不謹慎な気がするからだ。まず「風鈴を外」すのが、夏場の忌中の正しい過ごし方なのだと得心した。

二つ目の句には「三姉妹の真ん中ゆゑ母と寝し記憶なし。されど仮通夜だけは」と前書がある。「母を独り占め」というとき、作者の心は童女に返っているのだ。しかしこの浮き立つような言葉が大きな悲しみと表裏一体であることは断るまでもなかろう。

かなしめばサイダー砂糖水に化す　　いのうえかつこ

（「俳句」平成二十年八月号）

「かなしめば」というやさしい調べが感傷を誘う。向き合っている人の言葉に悲しみがこみ上げてきて、しばらくサイダーに口をつけることもできずにいたのだ。気を取り直してストローを吸えば、サイダーはすっかり気が抜けて、ただの砂糖水になっている。その発見がとても可笑しい。チャップリンの映画のような可笑しさだ。

箱庭の逢魔が時と思ひけり　鷹羽狩行

（「俳句」平成二十三年六月号）

この句は夏の季語である「箱庭」以上に「逢魔が時」が大きな効果を発揮しているように思われる。逢魔が時は、暮れ方の薄暗い時刻。江戸時代に普及した言葉のようだが、魔物と出遭うとすれば、人々が怪談に興じる夏場に用いるのが一番しっくりするだろう。ただし現代の日常語ではない。「逢魔が時」と口にするとき、われわれはその心細さや恐怖心をも包み込んだ、失われた時代への郷愁をおぼえずにいられまい。作者は少年のように箱庭の前にしゃがみ込み、その鄙びた風景を眺めながら、望郷の念にかられているのではあるまいか。

箱庭に旧知の人の居て蹰む　塩野谷仁

（「俳句」平成二十六年七月号）

不思議な魅力をもった句なのに、その魅力を分析しようとすると謎が謎を呼ぶのである。まず「旧知の人の」はどこまでかかるのか。「居て蹰む」までなのか、「居て」のみなのか。後者ならば、旧知の人がいるので、わたしは屈んだというふうに、「わたしは」という主語が隠れていることになる。そもそも「旧知の人」とはだれなのか。近所の人にはこんな言い方はしまい。これは箱庭の人形のことかもしれぬ。だが、箱庭の持ち主のようでもある。その持ち主がわたしに屈みこんだのだ。とすれば、わたしこそ箱庭の人形であった。……などと思案していると、評者自身が箱庭というワンダーランドの住人になってしまいそうだ。

蜜豆に乳首が混じるじつと見る　西原天気

（「週刊俳句」平成二十六年七月十三日、第三七七号）

一般書店にならぶ俳句雑誌にこの種の作品が載ることはあまりない。別に公序良俗に反するわけではないけれど、作る側も万人の理解など期待していないし、ほんの一握りのマニアックなおたく系俳人（？）の支持が得られたら十分だと思っているふしがある。でも、こんなおもしろい句を小集団の専有にしておくのはもったいない。で、プロメテウスのごとくウェブサイトから禁断の句を持ち出したという次第。わたしは「じつと見る」に胸がじんとなった。俳句界のメロス西原氏（とは評者の勝手な命名）による「走れ変態」九句は性的倒錯が主題。獣姦、同性愛、少年愛、ＳＭありの大真面目な愛の冒険作である。

灯をへらし言葉をへらし涼しく居　鈴木貞雄

これは「端居」や「夕涼み」のことではなく、平生こうあるべしという悟りの句である。そのあとにも〈退く気なし蟾蜍《ひっき》ゆつくり一歩いづ〉という生き方を指し示すような句が置かれ、それには「福島の人々と句会を共にす」と前書があるので、かれらの暮らし方が悟りの契機となったのかもしれない。一読、「粋ですね」と声をかけたくなった。政治家や行政に指導されて「節電」や「省エネ」をするのは野暮というもの。公的機関の多弁やお節介は大概責任逃れの裏返しだ。俳句をやるとは、この句のようにさらりと生きてゆく道を選ぶことだろう。その姿がかっこいいと思えば、若い世代も自ずとあとにつづくはずだ。

（「俳句」平成二十六年八月号）

ずぶ濡れの観衆われら虹あふぐ　　榮猿丸

ブルーな日や運勢下降気味のときに掲出句を服用すれば、気分が高揚すること請合い。もちろんそのあと車の運転を控える必要はない。高校の英語の授業で「降れば土砂降り」ということわざを習った（たしか構文を覚えるための例文だった）。意味は「泣き面に蜂」とほぼ同じ。この句の状況がまさにそれだろう。濡れねずみになったうえ、コンサートも中止。Alas! と天を仰げば……啓示のように虹がかかっている。そうか、みなこの虹をみるためにここに集

（「俳句」平成二十六年九月号）

まったのか。「われら」という調子の高い語がまことに効果的。これは人生の妙味を教えてくれる作品だ。作者は第五回田中裕明賞の受賞者。天下を取りそうな俳号もいい。

とほき日の鵜河原の石白かりき　栗田やすし

（「俳句四季」平成二十六年九月号）

自分の師に氏をつけるのはへんだから呼捨てでゆく。

萩原朔太郎が蕪村をそう呼んだように、やすしもまた郷愁の詩人である。すなわちその心は、しばしば現世に安居することを拒み、懐かしい日々と場所へ立ち戻ることを欲するのだ。この句もそのような望郷の思いの美しい結晶である。だが、「とほき日」は失われ、二度と戻ってはこない。それゆえ「白かりき」のように回想のかたちをとるほかないのだ。この喪失感にやすし俳句の抒情のみなもとがあるように思われる。また、他の句のなかにも「白エプロン」や「白き鼻緒」として現れる「白」は、儚くも清らかな、母郷の記憶を象徴するいろなのではあるまいか。

炎天が歪む幾度見上げても　奥坂まや

（「俳句四季」平成二十六年十月号）

敵にとらわれ、砂地にひざまずかされた者の網膜に映る光景はこんなだろうか。その歪んだ天は〈蟻地獄穹《そら》にも開きゐはせぬか〉の「穹」でもあろう。この連作には、破壊や暴力を連想させる措辞があちこちに隠し絵のごとく置かれている。「一発蹴つて」「雲割れて」「肢散らかして」「巨船は死の如く」「野に痛し」「腐《くだ》ちゆく香」「産声は悲鳴」……これらをつなぎ合わせれば、ピカソの「ゲルニカ」のような壁画ができそうだ。現に作者の気分はもう戦争状態であることは〈戦争が匂ふ峰雲が育つ〉〈弾頭のごとき向日葵われに向く〉にも見て取れる。これは奥坂氏の「たった一人の反乱」（丸谷才一）なのか、はたまた乱世の予知夢か。

妊りの土偶西日に手を合はす

栗田やすし

（「俳句四季」平成二十一年十月号）

「八戸市博物館」と前書がある。今年（平成二十一年）国宝に指定されたこの土偶は、そのポーズから合掌土偶と呼ばれ、約三千五百年前の縄文時代後期の竪穴住居跡から出土したそうだ。われわれの祖先は、イエスや釈迦が生まれるずっと前からこのような姿で祈ってきたのである。遥けき思いと敬虔の念に満ちた作品だ。

膝を抱くことを覚えてキャンプ果つ　片山由美子

（「俳句」平成二十二年九月号）

「膝を抱く」とは、内に懊悩を抱いてじっと耐えている姿だ。そこには感傷的な、少し甘い自己憐憫の情も伴っている気がする。こうした所作を覚えるのは、多感な十代半ばの頃ではなかろうか。キャンプのあいだ、片恋の相手と口をきくことすらできずにいた少女を想像した。

水差の口の横向く夜の秋　田口紅子

（「俳句αあるふぁ」平成二十五年八・九月号）

「口の横向く」という写生が鑑賞の要となる。横向きの状態は、他人行儀のよそよそしさを感じさせる。そこに作者はいちはやく冷やかな秋の気配を感受したのだろう。

秋

原爆忌うしろ泳ぎをする金魚　藤井豊

（「俳壇」平成二十一年八月号）

季語によっては、こんな泳ぎ方をする金魚を愉快に感じることもできるだろう。だがこの場合には、金魚までがこの忌日を忘れさせまいと、厳粛な合図を送っているかのようである。

花火の夜戦中戦後てふ履歴　辻田克巳

（「俳句」平成二十六年九月号）

「俳句年鑑」によれば辻田氏は昭和六年三月の生まれである。終戦のときは十四歳。すなわち花火が空襲の記憶と重なる世代に属する。それにしても、この文脈での「履歴」の使い方は意表を衝く。ふつうは「時代」とでもするところだろう。本来それは、学業や職業や賞罰等の個人的経歴を意味する語である。それなのに、「戦中戦後」という時代区分をあえてこう呼ぶ意図は那辺にあるのか。おそらくこれは、作者ひとりの履歴なのではあるまい。そうではなくて、作者と同世代の人々すべての、もしくはかれらを代表しての、履歴であると思われる。教訓をひとつ。「戦前てふ履歴」をもつ世代をつくってはならない。

とんでゆく西瓜の種のはやさかな　吉田幸代

（「俳句αあるふぁ」平成二十三年十・十一月号）

高浜虚子の〈流れ行く大根の葉の早さかな〉のパロディーとして読んだ。作者のあまりに些末なことへの拘りが可笑しいが、では、この「ただごと」的な句が、虚子の句とどう違うのかと問われたら、ちょっと答えに窮するような気がする。違いといえば、虚子の句は大根の葉の流れの速さを実感させるのに、吉田氏の句は、西瓜の種がむしろスローモーションで飛んで行くように感じられるのはなぜだろう。

母の膝父の背中や走馬灯

高橋将夫

（「俳句界」平成二十六年八月号）

両親健在のわたしがこんなことを言うのは憚りがあるけれども、父母の思い出がありありとよみがえってくるのは大抵夏のような気がする。暑さで朦朧とした頭のほうが古い記憶を呼び起こしやすいのだろうか。季語の儚げな風情から察するに、作者のご両親はすでに幽明境を異にしている感じだが、そのぶん細部の印象は一段と鮮明になるものらしい。「膝」と「背中」がじつに雄弁に情景を物語る。シュミーズから膝を出して坐っている母と、ランニング一枚になって胡坐をかいている父の後ろ姿が思い浮かばないだろうか。「母」を「父」の前にもってきたこともこの句の魅力だ。それが安らぎと幸福感をさらに大きくしている。

漕ぎ出せば吾れもまたたく流燈会

井上弘美

（「俳句」平成二十六年十月号）

上五の悠揚迫らざる風情がまことに魅力的。額田王の秀歌〈熟田津に船乗りせむと月待てば潮もかなひぬ今は漕ぎ出でな〉（『新版 万葉集一』角川ソフィア文庫）の結句をちらと思い浮かべれば、いよいよ風格が増す。中七は、あたかも作者自身が光源となり、命の炎をゆらめかせているかのよう（座五をみれば燈籠の照り返しだとわかるが、俳句は頭から読み、その順序にしたがってイメージをふくらませるのが原則）。この流燈会は舟で川の中程までゆき、そこから燈籠を流すやり方なのだろう。「吾れ」を月の女神に見立て（『古事記』の月読命は男神らしいが）、その女神があまたの霊を黄泉へと導いてゆくさまを想像するのも一興だ。

昼のあと夕暮れとなり盆踊り

鳴戸奈菜

（「俳句」平成二十五年八月号）

昼から午後をとばしていきなり夕暮に。意識の中心を盆踊りに置けば、時はこんなふうに流れるのだろう。と同時に、それがいかにもお盆らしい時間のあり方のような気がしてくるから不思議だ。

御仏の視野豊年だ豊年だ　今瀬剛一

月は完円頑張るな頑張るな

苧殻焚くゆるしてゆるしてゆるしてと　照井　翠

（「俳句」平成二十三年十一月号）

東日本大震災が俳句の表現にもたらした影響について、われわれは今後本格的に研究してゆく必要があるように思われる。掲出句はそのための重要な作品例となるだろう。まず今瀬氏と照井氏は、ともに震災を直接体験された俳人である。そしてこれらの句は、リフレーン（畳句）を用いている点で共通する。畳句自体は目新しいものではない。だが、この三句には何か根本的な違いがあるような気がするのだ。つまり、この畳句がわたしには生者と死者の唱和として聞こえてくるのである。それは深読みであろうか。

盧舎那仏秋思の貌を万燈に　河合佳代子

（「俳壇」平成二十七年十一月号）

ずんぐりとした奈良の大仏を盧舎那仏と本式の名で呼べば（じつはこれも毘盧遮那仏の略称らしいが）、凛々しく精悍な美丈夫になるからおもしろい。名は体を表すというべきか。作者の眼には仏像の顔が大写しになり、他の一切は滅却している。万燈を見ているのは仏であって作者ではない。愁いをおびた尊顔が燈火にほのあかく照らされている様子は美しいのみならず官能的ですらある。与謝野晶子が「釈迦牟尼は美男におはす」と詠ったように、作者もまた盧舎那仏に思慕の念を抱いているのではなかろうか。女性ならではのまなざしを感じさせる句である。

死の秋の重たき蟬の歩きけり　岸本尚毅

（「俳句界」平成二十三年十二月号）

「死の秋」の「秋」は「あき」でなく「とき」と読むのがよさそうだ。「危急存亡の秋」の「秋《とき》」である。作者の意識は死にゆく蟬にぴたりと寄り添っている。歩くことさえやっとの蟬には、わが身がいかにも重たいのにちがいない。それは力尽きた木曽義仲の口をついて出た「日来《ひごろ》はなにともおぼえぬ鎧が今日は重うなッたるぞや」（『平家物語』巻第九「木曽最期」）という言葉を思い起こさせる。やがて魂が抜ければ、その体はふっと軽くなって風に転がるのだろう。「重たき」ものは命なのだ。

蜩や喪にふさはしき化粧して　鶴岡加苗

（「俳句界」平成二十二年八月号）

鈴木真砂女の〈羅や人悲しますす恋をして〉と句の仕立て方が相似しているのも面白いが、そこから立ち昇る女性像も甲乙付けがたいほど魅力的だ。何かの小説から抜け出したような、楚々として、しかも妖艶な、誇り高い女性の立ち居振舞いが目に浮かぶ。

木槿咲く佐渡にも三十八度線　赤塚五行

（「俳句界」平成二十年十一月号）

北緯三十八度線といえば、南北朝鮮の分断線を連想する。それが佐渡の上を通っていたと知って驚いた。この佐渡から曽我ひとみさんは北朝鮮へ連れ去られ、四半世紀の間、故郷へ戻るすべもなかったのである。すこし調べてみたら、木槿は韓国の国花で、生命力の強さを象徴しているようだ。とすれば、作者は拉致被害者にとどまらず、三十八度線で分断されてしまった民全体を思いやっているのかもしれない。

歪みしは月に吠えたき糸瓜かな　夏井いつき

（「俳句」平成二十二年十一月号）

寺田寅彦が短歌と俳句を比べて面白いことを書いていた。短歌は作者が「その作の中にその全人格を没入し」て主観を詠うのに対し、俳句は「詩形が極度に短くなったために」主観を盛り込む余地がない。それゆえ俳句においては「いかなる悲痛な境遇でもそれを客観した瞬間にはもはや自分の悲しみではない」（「俳句の精神」『寺田寅彦随筆集　第五巻』岩波文庫）というのだ。

同じことが自由詩と俳句についても言えそうである。この歪んだ糸瓜は懊悩する作者の心の投影であろう。それが萩原朔太郎の詩に出てくる「青白いふしあはせの」「みすぼらしい、後足でびつこをひいてゐる不具《かたわ》の犬」（『月に吠える』）と重ねられているのだ。だが、この句から感じられるのは、朔太郎の哀切極まる調べとは反対の、漫画のような可笑しみなのである。

夕方の雲が真赤ぞ大根蒔　　宮田正和

（「俳壇」平成二十一年十一月）

「真赤ぞ」の「ぞ」がまことに効果的だ。この力強い素朴な響きのせいで、句の情景が懐かしい民話の趣を帯びるのである。草を取り、畝を作って、大根の種を蒔くのは一日がかりの仕事なのだろう。真っ赤な夕焼け雲が、その労をねぎらう神の恩寵のようにも思われる。

母ころぶ二百十日のひたひ傷　　畠山陽子

怒らせてしまふ父似の蟷螂を

（「俳句界」平成二十一年九月号）

両親の介護に明け暮れている作者を想像した。弱った母の体を支え、癇癪持ちの父の機嫌に一喜一憂しながら暮らしているうちに、何だか気持ちが萎えて、敬うべき両親が時に疎ましく思われたりするのだろう。「父似の蟷螂」という措辞に、父親へのささやかな反発が読み取れる。

わたしも年老いた両親にどう接していいか分からずにいる。ある時、軽い気持ちで「ちゃんと面倒は見るから」と言ったら、父が「面倒を見るという言い方は何だ」と烈火のごとく怒り出したことがある。いつの間にか庇護者然として両親を見下ろすようになっていた自分に気づき、ひやっとした。

秋雨に潮も濡れてゐたりけり

立村霜衣

（「俳壇」平成二十三年十月号）

水が水を濡らすとは、単なる写生を越えたまさに詩的把握である。山口誓子にも〈沛然と泳ぎの波を濡らしたる〉という句があって、これは夕立が「泳ぎの波」に降り注ぐさまを捉えたものだ。また長谷川櫂には〈春の水とは濡れてゐるみづのこと〉という初期の代表作がある。誓子の句は夏、櫂の句は春、それに対して霜衣の句は秋である。三者三様の趣きがあるけれど、秋の濡れ方は濡れそぼつという表現がぴったりの侘しさが際立っている。作者の寒々とした心象風景でもあるのだろう。

恐竜の落としていった葉鶏頭　坪内稔典

（「俳句」平成二十二年十月号）

恐竜というと巨大な粘土色の生き物を連想しがちだが、最近の研究によれば結構カラフルだったらしい。葉鶏頭をそうした恐竜のヒレかウロコ（あるいはもっと剝げやすい箇所？）に見立てたところがなんともユニーク。口語体のあっけらかんとした調べも愉快だ。日ごろ見慣れた風景が一瞬、原始的なワンダーランドと交錯する。

真葛原遷都の如く移る雲　小林貴子

（「俳句」平成二十六年十月号）

真葛原を「まくずがはら」と読めば、京都東山の西側一帯の古称、「まくずはら」と読めば、葛が一面に生い茂っている原で、秋の季語。この句の場合はむろん後者（でないと無季になる）。ただし前者の意味もだぶらせていることは、前のほうに「祇園囃子」と「錦小路」の句があることでも明らかだ。つまりこの「遷都」は平安遷都である。盛大に押し寄せる群雲は、夕日によってあるいは朱に染まり、あるいは青く翳って、殿舎の丹塗りの柱や緑釉瓦を髣髴させたのだろう。作者の心眼に映ったまさに奇蹟のような光景。

指を入れ掌をあて秋の水　　矢島渚男

（「俳句」平成二十年十二月号）

とろみのありそうな水が、五指の動きに合わせて水飴のように糸を引いたり凹んだりするのではないかと確かめずにいられないのである。官能的な作品だ。

鐘の音のしづもる水の澄みにけり　　猪俣千代子

（「俳句研究」平成二十年冬の号）

ロシアの「見えぬ町キーテジ」の伝説を思い浮かべた。その町は湖底に存在するといわれ、今でも耳を澄ませば、水中から教会の鐘の音が聞えてくるそうである。この句にも同種の神秘を感じた。

線香のけむりが折れる秋のかぜ　中山純子

（「俳句」平成二十年十一月号）

線香の煙の曲がり具合から、優しくて儚ない秋風の本情が的確に伝わってくる。「けむり」と「かぜ」の平仮名書きがゆったりとして典雅な印象をもたらしている。

母逝くや杖も秋日も棒立ちに　河野邦子

（「俳句」平成二十年三月号）

悲嘆のあまり、作者はただただ立ち尽くしているのである。見れば外に立てかけてある亡母の杖も、秋の日さえも、生気を失い、茫然自失の体なのだ。ふと、飯田龍太が愛娘を喪った時に詠んだ〈露の土踏んで脚透くおもひあり〉を思い浮かべた。

鰯買ふポセイドンてふ魚屋に　吉村玲子

（「俳句界」平成二十二年七月号）

ポセイドンといえばギリシア神話に出てくる海神だ。それを店名にするとは豪気なことである。ひょっとすると海外詠だろうか。鰯という大衆魚を魚屋で買っただけの話なのに、ポセイドンの一語によって句柄がぐんと大きくなり、われわれは紺碧の海を背景とする白亜の神殿のような店舗へと誘われるのだ。

星空を賑やかに鮭上るなり　今瀬剛一

（「俳句αあるふぁ」平成二十二年八・九月号）

この句の眼目は「賑やかに」という表現にある。ここには盛大に川を遡上する鮭たちへの言祝ぎの気持ちが込められているようだ。大部分の鮭は、産卵や放精ののち数日で死んでしまうだろう。だが、その死と引換えに新たな生命が誕生し、川を下って行く。こうやって鮭たちは太初の頃から死と再生のドラマを繰返してきたのである。作者はそれを宇宙感覚とでも呼びたい壮大な意識において直観したのではあるまいか。

青空は青空のまま里祭　宮田正和

（「俳壇」平成二十六年十月号）

作者は空の青さを愛でているのではない。「青空のまま」というぶっきらぼうな表現になにか精神的な深みを感じるのである。この「青空」はむしろ「色即是空」の「空」、あるいは虚空に近い意味合いをもっているのではないか。おそらくよその土地から吟行に来ても、こんな静かな「里祭」の句は詠めまい。久しぶりに帰郷し懐旧の思いにふけっている者の作でもあり得ない。これは生まれてこの方、ずっと一所に暮してきた人の心境を映しだした作品なのだろう。「地方に在るものは地方に腰を据えて中央を望み更に歩みを進めたい」（「俳句年鑑」二〇一四年版）と記す宮田氏の気持とも、どこかでつながっているだろうか。

子供らへ百の伝言穂草飛ぶ　守屋典子

（「俳壇」平成二十三年十一月号）

軽やかな調べと季語の働きのせいで晴れ晴れとした明るい色調に包まれてはいるけれど、案外この句の背景には緊迫した事情があるのかもしれない。そう思ったのは、故スティーブ・ジョブズ氏（アップル社創設者）が米スタンフォード大学の卒業式で行った著名なスピーチの原稿を最近インターネットで読んだからだ。それによれば、病院でだしぬけに余命半年を宣告されたジョブズ氏は、父親としてこんなふうに考えたという。これから十年かけて子供たちに伝えようとしていたことを、この数ヶ月間ですべて語らねばならないのだと。そのとき彼の胸中はまさに「百の伝言」でいっぱいになったのではなかろうか。ゆえに伝えたいことがあれば先延ばししてはならない、という教訓をここで引き出すのは場違いな気もするが、わが身を顧みるとつい反省が先だってしまうのだ。

草の実を取らむと猫を羽交絞め　杉山久子

（「俳句四季」平成二十八年二月号）

特に猫好きでもないわたしにも、この利かん坊のような猫が無性に可愛く見えてくる。「羽交絞め」に作者の愛情が凝縮されている。こんなふうにして、何の屈託もなく草の実を取る時間をもつことができれば、もう何を求めることがあるだろう。これこそ至福というものだ。

木の実独楽影を大きくして止まる　介弘浩司

（「俳句四季」平成二十八年二月号）

無邪気に遊ぶ子供には、この影は見えまい。これは人生の寂しさを知る人がとらえた情景だと思われる。大きく影を伸ばしてごろりと止まった独楽は、ただの木の実に戻った。それが孤独とも郷愁ともつかぬ思いを誘ったのだ。

梨の皮ざらざら難民に赤子　髙柳克弘

（「俳壇」平成二十七年十一月号）

平成二十七年九月以来、わが国でも大きく報じられるようになったシリア難民（殊にトルコの海岸に打ち上げられた幼子の遺体）に触発されての作と思われる。このような社会問題と向き合いながら、告発や政治主張のほうへ逸れることなく、俳句の文芸性を堅持している作者の姿勢に共鳴する。

「赤子」を抱いた難民の悲劇的状況は、「梨の皮」の手触りとじかに結びつくことによって、評論家の空疎な言説などよりずっと深く、かつ多義的に、われわれの意識に働きかける。たとえば、このざらつく梨は、難民が暮らす荒涼たる大地を連想させもすれば、妊婦の鮫肌の腹部を思わせもする。言い添えると、「朝日新聞」平成二十七年十一月二日付の髙柳氏のコラム「男が見た妊娠」が印象的だった。もうじき父親になる作者だからこそ、「赤子」によせる気持ちは一層切実なのだろう。

黒ぶだう庭に晴間のありにけり　　宮本佳世乃
目の端に鳥居の入る花野かな
六階のあたりに今日の月が居る
（「俳句四季」平成二十七年十一月号）

この作者の景色の切り取り方がまことにユニーク。晴間が空ではなく庭にあったり、鳥居が目の端に来たり、名月が六階あたりに「居」たりするのだ。なぜそのような所にこだわるのかと、いささか不躾な質問をしても、宮本さんは当惑するばかりだろう。無性に気になるから詠まずにいられないだけで、当人にだって理由はわからないはず。それが個性というものだ。内なる衝迫にかられて作られたこれらの句に、わたしは非常に惹かれる。

くれなゐのさもうまさうな毒茸　　猪俣千代子

（「俳句研究」平成二十年冬の号）

そういえば童話の挿絵に描かれるカラフルな茸は皆うまそうだ。あれはお菓子のイメージなのである。作者も子供の目で毒茸を見つめているのだろう。

薄ら寒民草といふ薄らさむ　　柿本多映

（「俳句研究」平成二十年冬の号）

高校時代、古文の教師が「庶民という言葉はいやだね」と言った。それ以来、わたしもその言葉が嫌いになって使ったことがない。作者は「民草」に嫌悪感を抱いているのだ。『日本国語大辞典』には「いやしき民草」「無智盲昧の蒼民《たみくさ》」などの用例が出ている。侮蔑語である。それを知って「草の根」という言葉まで薄ら寒く思われ出した。

秋大根貫ふや闇の土つけて

伊藤敬子

（「俳句界」平成二十六年十月号）

「闇の土」とは非凡な表現。夜の情景なのかもしれないが、作者はこの「土」を常闇のかけらとして見ているのではあるまいか。そう考えると「闇」が「土」の枕詞のような気がしてくる。この「闇」は、偶然探り当てた言葉ではなく、意識的に用いられたふしがある。光と闇の対比は、この連作の重要なモチーフらしいのだ。闇のほうではもう一つ〈梟の闇正面に菅浦に〉という句があるし、光のほうは〈しろがねのうねりの中へ初の鴨〉と〈大音にしろがねの繭夏安居〉を挙げておこう。「しろがね」が光の現われであることは言うまでもない。画家レンブラントの異名にならえば、伊藤氏はさだめし「光と闇の俳人」だろう。

俘虜の如つながれし柿渋を吐く

泉田秋硯

（「俳句界」平成二十三年十二月号）

「苑」主宰の泉田秋硯氏は大正十五年三月の生まれだから、いわゆる戦中派である（終戦時は十九歳）。この世代なら自ら俘虜体験はなくても、どこかで目撃した彼らの哀れな姿が網膜に焼き付いているのではないか。その残像がトラウマとなって折に触れ蘇るとすれば厄介なことだろう。が、吊し柿から俘虜への連想は奇想天外で、そこに若干のおかしみがある。

吊し柿の渋は自ずと抜けるのかと思っていたが、なるほど「俘虜の如つながれ」ている柿の身になれば、苦し紛れに「吐く」ものなのだろう。

魚の吐く気泡に気泡添ふ夜長　安里琉太

（「俳句四季」平成二十六年七月号）

水槽の光景だろうか。ガラスの向うは漆黒の闇。仄明るく照らされた水のなかを二つの泡が寄り添いつつ昇ってゆく。森澄雄の〈妻がゐて夜長を言へりさう思ふ〉を引くまでもなく、「夜長」は人恋しさを誘う季語だが、安里氏はその情を気泡に投影させたのである。なんとも洒落た趣向だ。作者はこの作品をふくむ「海光」三十句によって俳句四季新人奨励賞を受けた平成六年生まれの十九歳。Vサインをしている写真をみればまだ少年のようだが、その作風は瞠目に値する。〈花曇り海黝々として匂ふ〉の雄勁、〈峰雲の骨組みを考へてゐる〉の前衛風、〈福引の音の明るき外れ玉〉の滑稽など、俳句の特質がしっかり押さえられている。

おはやうと声かけあへり夜学生　荒川英之

（「俳壇」平成二十六年九月号）

夜学生は年中夜学生だが、俳句では秋の言葉。「『灯火親しむ』夜長の候は落ち着いて勉強するのに適している」（『合本 俳句歳時記 第四版』角川学芸出版）ことに由来するらしい。作者の荒川氏は、かれらを受け持つ教師。そうでもなければ、こんな臨場感のある句はつくれまい。さまざまな事情を抱えた生徒たちが、屈託なく交す「おはやう」のなんと爽やかなことか。つづく〈網戸たて夜学の授業はじまりぬ〉や〈教科書で虫を打ちたり夜学生〉などにも、作者が信条とする「即物具象」の着実な具現化を見て取ることができる。結社誌に評論「沢木欣一の万葉精神」を連載している学究派でもある。第八回「伊吹嶺」新人賞受賞。

虫売と客ほの暗く屈み合ふ　立村霜衣

（「俳句界」平成二十六年九月号）

典雅な俳号をみて男性なのか女性なのかといぶかしみ（男性である）、昭和四十六年生まれなのに「河内野」副主宰兼編集長で「ホトトギス」同人とは早熟な才人だなと驚き、ネット検索すると、現「ホトトギス」主宰、稲畑廣太郎氏のブログ「放蕩編集長」（現在は「奔走主宰」）の平成十六年十一月六日付に「現在ホトトギス同人最年少」と紹介されていた。こんな詮索をしたのも「大和秋篠」六句が心に染みて、一度でお気に入りの作家になってしまったせいである。切れのない、独自の抑揚をもった調べが読者を陶酔させる。そして言葉につやがある。しゃくだが巨人軍と「ホトトギス」は侮れない。

蟷螂の小さき頭で考へる

加藤かな文

（「俳句」平成二十六年十月号）

教育的な香りのする作品、なんて言ったらへんだろうか。たとえばこれを電車のなかに張る進学塾の広告のコピーとして使っても出色だ。「蟷螂」は漢字の読みの力試しになるし、〈小さき頭〉は健気に学ぶ子供の姿に通じる。そして「考へる」という用言止めが読者の思考を誘うようで洒落ている。ところでこの句の知的な雰囲気には、蟷螂のイメージが与かって力がある。それは上五を「蜻蛉《とんぼう》の」としてみるだけでわかる。とたんにもっさりした感じになるだろう。あの逆三角顔は、カントのような哲学者とか、空想上の宇宙人とか、賢者の属性である。ミネルバの梟の栄誉を昆虫界で担うのは蟷螂らしい。この季語の本意に加えてもいい。

ながむればつくづく丸顔のとんぼ

清水亮

（「俳句αあるふぁ」平成二十六年十・十一月号）

とんぼの顔だけで一句にするとは、肚の据わった作家である。題材の目新しさではなく、俳句の型そのもので勝負しているのだ。すなわち十七音はそのままに、句跨りの技法と、尻切れとんぼのような塩梅の体言止めによって、滑稽感と飄逸な趣を巧みに出している。〈桔梗《きちこう》の色へふくるる莟かな〉の「へ」の用法にも、言葉の効果にたいする鋭敏な意識が感じられる。〈放たれて芦原の風限りなし〉や〈鵯《ひよどり》の声あらく花貪れり〉には古典的な風格すらあるが、作者は昭和五十年生まれの若手である。作品に寄せられた井上康明氏（「郭公」主宰）の推薦文によれば、「当初より原石鼎に惹かれ」ているそうだ。大器の予感がする。

にこやかに君がとび発つ青ばつた

宮坂静生

（「俳句」平成二十五年十一月号）

前後の句から知覧特攻平和会館を訪ねての作であることがわかる。だがそのような知識がなくても、これが鎮魂の句であることは十分に伝わってくるのではなかろうか。「にこやかに」という措辞の屈託の無さは浄土的な明るさを感じさせるし、「青ばつた」が妙に淋しく思われるのだ。口語的なやさしい調べと、「君」という二人称に作者の真情が流露している。

文芸に政治を持ち込む無粋を承知で言うけれど、戦死者を英霊と持ち上げながら、その実、政争の具に使う愚行はいい加減によしたほうがいい。彼らの魂はバッタと一緒に花野浄土に解き放たれることを欲しているに相違ない。

こほろぎや納戸の隅の蓄音機

加古宗也

（「俳句界」平成二十五年十月号）

俳句にも黄金比があるとすれば、まさにこの句のことだろう。整った形といい、平仮名と漢字の絶妙なバランスといい、申し分なく美しい。懐古的な風情もすてきだ。このような作品をたくさん記憶したいと思う。

天高し分れては合ふ絹の道　有馬朗人

（「俳句」平成二十八年二月号）

有馬氏はわずか十七音で読者を秋天の高みに引き上げ、そこからシルクロードを俯瞰させる。その力業は、青竹を拾い上げ、杜子春をたちまち峨眉山へ拉し来たった鉄冠子の仙術をもしのぐかもしれない。この句の要は中七である。ここで一瞬、われわれは二羽の鳶か蝶が離れては寄る姿を連想しないだろうか。そしてその高さから、枝分かれした「絹の道」が一本になる様子を見下ろすのである。作者の自由闊達な境地をうかがわせる、まことに雄大な作品で、わたしは心を鷲づかみにされた。

化粧せし彼に弓張月絞れ　高木一惠

（「俳壇」平成二十一年九月号）

中世の絵巻物を思わせる華麗な世界だ。ことによると何かの説話に材を取ったものか。たとえば帝の命を狙う滝夜叉姫といったような。だが、そんな詮索などしなくても十分に趣が深い。何より化粧する男性という性の倒錯が面白いし、「弓張月」における虚の弓から実の弓への転換も見事だ。「彼」という呼称には女性の恋心が感じられるし、「絞れ」という命令形は精神の高揚感をもたらしている。典雅にして野趣あふれる恋句といえよう。

一枝だに揺らさず秋の滝落下　今瀬一博
秋冷の山打ち延べて湖一つ

（「俳壇」平成二十四年十二月号）

写生句ということばの底には、俳句は絵画のような平面芸術（遠近法を含めて）に近いものだという基本認識がある。しかしこの作者なら、きっと俳句を彫刻になぞらえるのではあるまいか。これらの掲出句からは、ことばによる立体造形への意志が感受されるのだ。

最初の句は微動だにしない枝葉を前景に、秋の滝そのものが落下した状態のまま、伸ばして固めた飴のようにすっくと立っている感を抱かせる。ただ、滝が固まったというよりは、静かに時の流れを止めたというべきか。二句めは「打ち延べて」という措辞が絶妙。板金加工のように天地創造する造化の神の工房を覗き見るようだ。

狼の闇の見えくる書庫の冷え

岩淵喜代子

（「俳句」平成二十二年二月号）

書店など大量に書籍のある場所や、多くの書物自体を指して書林と言うのは、紙の原材料が植物であることとも多少は関係がありそうな気がする。ましてそれらの本が革表紙で装丁されていれば、いよいよもって獣の潜む森林めいてくる。また、本を買いあさることを猟書と言うが、確かに珍本を探し求める時の心理状態はハンターと同じだ。

だが、これだけでは作者をして「狼の闇」を幻視させた理由として不十分だろう。狼という絶滅種に近い生き物が潜んでいるように思われたのは、人々に半ば忘れられて眠っている古色蒼然とした書物群が醸す雰囲気の前近代性のゆえではあるまいか。この句にはこうした失われた時代へのノスタルジーも感じられるのだ。

「狼」は虚であるのに対し「冷え」は実感。従って秋冷の句ととりたい。

林檎兩斷たちまち孤島の競輪場

竹中　宏

（「俳句」平成二十一年十二月）

林檎を真二つに切るとき、一瞬おぼえる爽快感と華やぎ。それはあたかも林檎の断面から無音の歓声が上がるかのようだ。われわれがほとんど意識すらしないその微かな感覚を、作者は「孤島の競輪場」として具象化したのである。まさに季語と事物の火花を散らす二物衝撃だ。あるいは連句における付け句の飛躍を、一句の内に達成した作品といっていいかもしれない。

木より椀ぎ林檎の重さ手に移る

橋本美代子

（「俳句」平成二十年十一月号）

「手に移る」がこの句のポイントだ。作者は木から林檎一つ分の重さを受取った。その重さは、林檎の木が感じていたものだ。すなわち作者は、林檎の重さを媒介にして、その木と意識を通わせたのである。

くるくると林檎は象の胃を愉しむ

野口る理

（「俳句αあるふぁ」平成二十五年十・十一月号）

気が滅入ったら、この句を呪文のように唱えてみようか。魔法の林檎がくるくると巡って心身をすっかりリフレッシュしてくれそうだ。幸せの処方箋のような一句。

ボールペンの先端は球鳥渡る

金子　敦

（「俳句」平成二十五年十二月号）

作者は第十一回俳壇賞の受賞者。わたしと同年ということもあって今日最も注目している作家のひとりである。この掲出句もそうだが、日常のこまごました物（人工物）と大自然を結び付け、抒情豊かな作品に仕上げる手法は他の追随を許さない金子敦氏の独擅場だ。わたしが愛読してやまない第二句集『砂糖壺』にも、表題作となった〈砂糖壺の中に小さき春の山〉のほか、〈春立つや一筆箋のうすみどり〉〈飴色のギターの音色山眠る〉〈山盛りのコーンフレーク蟬の声〉〈でたらめの木琴の音蝶の昼〉〈ドロップの缶をがしやがしや小鳥来る〉〈まつしろの抗鬱剤のやうな月〉など同種の佳句がいくつも見出せる。平成二十年に第三句集『冬夕焼』、平成二十四年に第四句集『乗船券』を上梓し、健吟ぶりを示しているが、それらの句に既視感をおぼえるのも事実だ。察するに金子氏は早々と自身の俳句を完成させてしまったのではあるまいか。愛読者としてその名人芸をこれからも堪能したいと思う反面、彼が新たな領域に進むところを見てみたい気もする。

雁渡し指輪はづしてふいと旅

苅谷裕里子

（「俳壇」平成二十二年十一月号）

「雁渡し」とは、雁が渡ってくる初秋から仲秋にかけて吹く北風のこと。作者が「ふいと旅」に出たのは、「片雲の風にさそはれて」（『おくのほそ道』）と記した芭蕉と同じ漂泊の思いに駆られてのことだろう。指輪を外したのも、風狂の実践であろうか。
余談ながら年末に京都の地下鉄電車に乗っていたら、旅行者とおぼしい五人の中年女性がやって来て私の向かいの席に陣取り賑やかに話し出した。この句のことが念頭にあったので、つい彼女達の指に目が行ってしまったが、三名が指輪をしていなかった。

人流るるべつたら漬を照らす灯に　阪西敦子

（「俳壇」平成二十七年十一月号）

「べつたらなう」と題する五句中の一つ。表題にも見て取れるように、季語の下町情緒的な要素に寄りかからない、現代風の作品だ。「人流るる」が無機的な感じで、露天の灯もどこか冷ややかである。字余りにしてまで「流るる」と連体形にしたのは、切れよりも、音の響きの面白さを優先したためと思われる。わたしはミヒャエル・エンデ作『モモ』のなかの時間を盗まれた人々を連想したが、それはこの句に童話風の味わいがあるせいかもしれない。その隣の〈真つ白くべつたら市を迷ひをり〉にも同種の趣がある。「真つ白く」は途方にくれた作者の表情を失った顔のことと読めるが、この単純化された表現も童話的である。

冬

冬立つや喫煙室は白き箱　堀合優子

（「俳句αあるふぁ」平成二十三年十二・平成二十四年一月号）

白い内装の喫煙室なのだろう。それを外からの視点で捉え直し、「白き箱」と断定したところが秀抜。ケーキ箱のような建物が寒々とした風情で建っているさまが目に浮かぶ。そのなかで紫煙をくゆらす人々の表情も一様に暗そうだ。

冬が来る分厚き本を前にして　西山ゆりこ

ネクタイを整列させて年用意

（「俳句」平成二十六年一月号）

口語調の「冬が来る」がまことに適切。よし、この大著を読破してやろうという作者の静かな闘志がストレートに伝わってくる。

二つ目の句は「整列させて」が卓抜。ネクタイを擬人化しているのだ。だらけている生徒達を一喝する教官のようにネクタイに対している作者の様子が無性におかしい。内田百閒の次のような逸話が思い出される。あるとき好物の大手饅頭をもらった百閒は、蓋を開けると、まず「気を付け」と号令をかけ、それから「休め」と言ったあと、なかの一個を取り出して食べたそうだ。たしかドイツ文学者の高橋義孝のエッセイ集にあった話なのだが、その本がどうしても見つからない。わが蔵書の狼藉には、もはやどんな号令も効き目がなさそうである。

声出すは声休むこともう冬か　小笠原和男

（「俳句」平成二十七年十二月号）

「もう冬か」とつぶやいているのはだれかと問えば、作者に決まっていると即答されそうである。中七が「声休ませること」ならば（字余りの問題は措くとして）わたしもその答えに異存ない。一句の主体が作者であることは明白だからだ。しかし上五と中七の主語は異なる。「声休む」の主語は声そのものである。とすれば、その次に置かれた「もう冬か」は、声自体のつぶやきだと解釈できないか。あたかも声が作者の口から出てきて一服している体なのだ。川崎展宏の〈冬と云ふ口笛を吹くやうにフユ〉も音声のおもしろさを前面に押し出した句だったが、小笠原氏の場合は声を自立させた点でより大胆である。

木の葉降り水流れゆき貝化石　高柳克弘

（「俳句」平成二十五年十一月号）

季語は「木の葉降る」だが、この句は単なる冬のある日のスケッチではなさそうだ。「降り」「流れゆき」と動詞の連用形を連ねているせいで、時間の流れが意識されるのである。これは貝化石ができるまでの気が遠くなるほどの歳月を凝縮しようとした作品なのではあるまいか。仕立て方としては村上鬼城の名吟〈生きかはり死にかはりして打つ田かな〉と同じ範疇に分類できるかもしれない。

マロニエは迷彩の膚葉を落とす　中原道夫

（「俳句」平成二十八年二月号）

迷彩とは敵の目を欺くために、人間が自然に似せてカモフラージュすることだが、この句の場合は逆に、自然が人間に擬態している。葉を落としたマロニエが、あたかも兵士のように立ち並んでいるのだ。これは平成二十七年十一月十三日のパリ同時多発テロに材を採った特別作品のなかの一つ。作者は所用でテロ翌日、パリに赴いたのだそうだ。連作は「神」「血」「自爆」「殺戮」「主犯」「銃聲」「狂氣」といった言葉が生々しくちりばめられ、異様な緊迫感に満ち満ちている。掲出句はそのなかでも比較的地味な作柄だが、そのぶん一段と暗示的で、不気味な存在感がある。

一人踏む落葉ひとりの音立てて　伊藤政美

なかなか「ひとりの音」とは書けないものだ。「一人」との重複感を考えればなおさらである。だがこの平仮名表記の一語によって伊藤氏の作品は精神性を帯び、詩の高みに達したといえるだろう。

（「俳句四季」平成二十六年一月号）

落葉踏む落葉の下の世界踏む　高野ムツオ

（「俳句」平成二十年二月号）

地面と落葉のわずかな隙間を「世界」と呼べば、そこに広々とした視界が開けてくる。われわれは作者の術中に陥って、その世界を想像することになる。

落葉の下は、ほの赤い微光に包まれている。地面は湿り気を帯び、朽葉の醱酵作用によって、湯気が立ち昇りそうなほど温かだ。小さな昆虫がせわしなく歩き回り、団子虫はしきりに土くれを齧っている。幼い蝸牛や何かの卵は静かな眠りについているようだ。

その世界が一瞬にして闇に呑まれてしまった。人間が通り過ぎたのである。われわれは何と巨大な生き物なのだろう。

蹴散らせば次の落葉がありにけり

杉原祐之

（「俳句」平成二十四年一月号）

俳句における写生とは、つまるところ作者と読者の視点がぴたりと重なり合うよう言葉の組立てを工夫することだと言えないだろうか。この句について みれば、まず上五によってわれわれの目は作者の足元に注がれる。次いで中七によって視点はその一歩先に移動し、図らずも新しい落葉を発見するのだ。座五の「ありにけり」という詠嘆が、そこに落葉があることの不思議を表している。

常識的に考えれば、落葉はあたり一帯に遍在しているはずである。だが、こうした広角的な見方をしてしまったら、この句の魅力は全く失せてしまうだろう。あえて視野を目先の落葉に限定したからこそ、その落葉が特別親密なものになり得たのだ。あたかも作者のためだけにそこに散り落ちていたかのように。あるいは、作者に蹴散らされるため、何者かがそこに用意しておいたかのように。それを追って歩一歩と進むとき杉原氏は、『注文の多い料理店』（宮沢賢治）に入り込んだ青年紳士と同じような心のときめきと一抹の不安を覚えたのではあるまいか。

枯すすむ木と草となく香ばしき

片山由美子

（「俳句」平成二十四年一月号）

一体に芸術はまったき美の形を永遠に留めたいという意志に貫かれている。ファウストが「とまれ、お前はいかにも美しい」と呼びかけた瞬間こそ美の到達点なのだ。

これに対して日本の伝統的な美意識は異なる。「ゆく河の流れは絶えずして、しかももとの水にあらず」で始まる『方丈記』にしろ、「祇園精舎の鐘の声、諸行無常の響あり」の『平家物語』にしろ、転変極まりない無常観の裡に美を見出している。

と、前置きが長くなったが、片山氏の作品にもこのわが国独特の美意識と相通じるものがあることを言いたかったのである。すなわちこの句における興趣は、上五が示すように、「枯」という現象の瞬時も休まない進行それ自体に向けられているのだ。中七にしても、視点を木や草に固定しないことによって一種の流動感ないしは時間意識をもたらしているように思われる。しかし次の「香ばしき」からは、無常観とはまた別の、現生肯定的な明るい情調が伝わってくることにも留意したい。作者は枯れてゆく過程を下降的な衰退とは受け止めていない。むしろそこにも造化の妙を見、馥郁たる生命力の発露を感じ取っているのである。

枯野ゆく貨車の汽笛の弓形に　桑原智代美

（「俳壇」平成二十六年二月号）

小さく聞こえた汽笛が次第に大きくなり、また小さくなって消えてゆく。この時間の推移にともなう音の変化を作者は「弓形《ゆみなり》」という視覚的イメージに置き換えたのである。こんなことは音楽にも絵画にもできまい。言語のみが為し得る業だ。このあたりにも俳句という文芸の可能性を探ることができそうである。

雨すぢと細さ等しく蔓枯るる　遠藤由樹子

（「俳句」平成二十七年十二月号）

「細さ等しく」という類似性の提示によって「雨すぢ」と枯れた蔓のイメージが一体化し、この蔓が細長い、透明な管に変貌する。これは一見、枯蔓の特質を洞察した句ととれるが、そのじつ、ここで明らかにされたのは「雨すぢ」のほうなのである。中七を一種の比喩表現と見なせば、比喩の役割は既知のものを以って未知のものを説明することだろう。枯蔓は、大方の俳人には既知のものだ。その形状だけでなく、草むらから引っ張り出したときの手触りも知っている。かたや「雨すぢ」はどうか。あれは一体どれくらい細いのか。そしてどれくらい長いのか。長く見えるのは、じつは落下する水滴の残像だということはないのか。

……とはいえ一般に、冬の雨が夏の雨より細く感じられ、侘しげに蕭蕭と降ることはまちがいない。作者はその雨のなかから、いろ褪せた蔓のごとき一筋を取り出し、読者の前にかざしてくれたのだ。

帰らうよ山茶花散らすにも飽きた　ふけとしこ

（「俳壇」平成二十四年三月号）

こんな語り口の句もあるのかと驚いた。これは少年の口をついて出た言葉のように読める。それも人間ではなく北風の。読者はふと民話の世界に迷い込んだような錯覚を覚えるだろう。ここには腕白な風の兄弟がいて、ひとしきり悪戯をしたあと兄が弟に帰宅を促しているのだ。こういう句は企んでできるものではない。山茶花が散るさまを飽食するほど見た末に、感情が風に移入してしまったのか。いや、むしろ風のほうが作者に憑りついて、その口を借りて言葉を放った観がある。ときに俳人は八百万の神をおろす巫覡《ふげき》ともなるらしい。

掛大根富士の高嶺を越えにけり　石川晶子

（「萌」平成二十六年五月号）

この大胆な構図の景をわずか十七音で描き切った作者の技量には舌を巻いた。修練の賜だろう。しかもこの句にはある趣向が凝らされている。お気づきだろうか。これは葛飾北斎作「富嶽三十六景」の一つ「神奈川沖浪裏」を踏まえたものだ。巨大な白波に抱かれるように小さな雪富士が描かれたあの木版画である。作者は白波の代わりに真っ白なはさ掛け大根を配したわけである。この趣向は「岳麓三十景」という題にも明らかだろう。石川氏はこの三十句によって第十二回「結花賞」を受賞した。〈大富士に従ふ山の笑ひけり〉や〈八角の杖に鈴鳴る山開き〉など、結社の賞にふさわしい堂々たる秀吟がならぶ。

尻より手入るる人形近松忌　　照井　翠
股ぐらに牡蠣引き揚ぐる松の島

（「俳句」平成二十一年二月号）

「尻」といい、「股ぐら」といい、身も蓋もないほど即物的な言葉遣いだが、決して野卑ではない。それどころか、それぞれの句の中の対象が圧倒的な存在感を示しているのである。動き出す前の、ただ物としてのみ存在する文楽人形への非情なまなざし。牡蠣漁に従事する人々のなりふり構わぬ姿に対する冷徹な写生眼。この作者は、体当たりするような意気込みで句作しているのではあるまいか。

噴水の捩れ落ちくる冬薔薇　井上弘美

（「俳壇」平成二十一年二月号）

「捩れ落ちくる」という描写が水勢の弱さを窺わせて、いかにも冬の噴水らしい。だが、それだけのことなら、この句はただの写生どまりだ。凛乎として近寄りがたい孤高のイメージをもつ冬薔薇を配することによって、この句により複雑な陰影が生じたのである。すなわち落下する一筋の水が、身悶えして嘆き悲しむ人の姿を感じさせるのだ。

狷介に門を構えて冬の薔薇　清水哲男

失火詫びる張り紙の鋲整然たり

（「俳句界」平成二十年二月号）

世間を見下すような厳めしい門構えに、呼び鈴を押すのもためらわれる。一分の隙もなく身構えて実社会を戦い抜き、相応の社会的地位を勝ち得た人の邸宅なのだろう。そこに冬薔薇がいくつか花を覗かせているのである。図らずも、この家の主のナイーブな心を露呈するかのように。

「鋲整然たり」という重々しい表現は、いろいろなことを連想させる。第一に、火事を起こしてしまった人の謹厳実直で几帳面な性格がうかがわれる。第二に、それほどの鋲を使う以上、張り紙も大きいのだろう。とすれば、焼けてしまったのはかなり立派な邸宅か、会社のビルかもしれない。第三に、整然と並ぶ鋲が三つ揃いのチョッキの釦と二重写しになるのである。

こんなふうに考えると、失火を詫びているのが冬薔薇の家の主と同一人物ではないかという気もしてくる。そして哀感を帯びた孤高の人の姿が浮かび上がってくるのだ。

パープルの口紅歌舞伎町の火事　神野紗希

（「俳句」平成二十五年一月号）

インパクトのある名詞をつらね、東洋一ともいわれる歓楽街歌舞伎町の猥雑で毒々しく不穏な印象を、モダンアートを思わせる洗練されたタッチで構成した作品。この句が現代風俗の平板な切取りにとどまらず、どこか古典主義的な風格と奥行をも感じさせるのは、地名に含まれる歌舞伎という語の効果だろう。そのせいで「パープルの口紅」はたちまち隈取を連想させるし、「火事」は仮名手本忠臣蔵の火消装束を想起させるのである。これは全く新しい型の吟行句だ。

開戦の日や警策で肩打たる　　栗田せつ子

（「俳句研究」平成二十二年冬の号）

日米開戦の日も、警策で肩を打たれたことも、それぞれ厳粛な事実であって可笑しい要素など何もないはずだ。ところが両者が結びつくと、にわかに滑稽味が生じるのは取合せの妙だろう。ここには、巧まずして読者の心の緊張を解きほぐす上質のユーモアがある。この句の「警策」は、精神のゆとりをなくし、あの無謀な戦争に国民を駆り立てた生真面目主義への一打なのかもしれない。

雑踏に子を見失ふ開戦忌　　次井義泰

（「俳句界」平成二十七年十一月号）

戦後七十年の節目にあたる今年（平成二十七年）は、戦争の記憶にまつわる句がことのほか多く各誌で見られたし、わたし自身、それらをかなり意識して読んだ。次井氏の作もその一つとみてよい。

開戦忌は、日本が真珠湾攻撃によって日米戦争の火蓋を切った十二月八日。着膨れて白息を吐く人の群が駅構内にあふれている情景がモノクロとなって目に浮かんだ。駅を連想したのは、名画「禁じられた遊び」のラストシーンと重なったためかもしれない。「ママ」「ミシェル」と呼びながら人ごみに紛れ、消えてゆく少女の後ろ姿。それは取りも直さず、人々が自らの手から離してしまった平和の象徴でもあろう。新聞の第一面をテロや軍事対立の記事が埋める昨今、われわれは徐々に新たな開戦へと押しやられていはしないか。平和を見失ってはならない。

羊羹のひと切れが立つ冬景色　藤本美和子

（「俳句」平成二十八年二月号）

「冬景色」という季語の使い方はむずかしい。荒涼たる自然の情景と取合せただけでは、季語は蛇足になる。作者はここに羊羹という人工物をもってきた。それが「冬景色」と結びつくと、これほどの奥行と広がりをもたらすのかと一読三嘆した。その冷たい鳶いろの断面が寂々と立つ姿は、孤独だが比類なく美しい。こんな凛呼とした冬の景を一片の羊羹から生み出すことができる俳句は、やはり端倪すべからざる文芸だ。

あしあとの橋のかかれる冬の空　鴇田智哉

（「俳句」平成二十三年四月号）

鴇田氏は今日最も独創的な作風を示している俳人の一人だ。その独創性については如月真菜氏が的確な分析をしている。すなわち一つは「一句を読み終わるまでの時間を実際より緩やかに感じさせ」ることであり、もう一つは「彼の句を読んだとき、何かそこから消しとられてしまったような印象を受ける」ことである（『セレクション俳人 プラス 新撰21』邑書林）。掲出句にもその特色がよく表れている。措辞は平明だし、「橋のかかれる冬の空」も分かる。だが、「あしあとの」とのつながりが見えないのだ。見えないながら、なぜか惹かれる。それがこの作者の持ち味であり、今のところわたしにとっての謎である。

冬の虹みつめみつめて濃くしたり　正木ゆう子

（「俳句」平成二十三年四月号）

冬の虹が現れたのは天の恩寵だが、それを濃くしたのは作者の神通力だ。一念天に通ずというべきか。もっとも女性にこれほど見つめられたら、虹ならずとも赤面してしまうだろうと軽口の一つもたたきたくなるような、どこか可笑しみのある句である。

冬日背に馬上の人となりにけり　宇多喜代子

（「俳句」平成二十年十二月号）

これが「夏日」や「西日」なら西部劇の一場面を連想するところだ。凛とした冬日のせいで、「馬上の人」が尊師と呼ばれるような東洋の哲人を思わせる。

屋根から乗りて竹馬の女の子　黒田杏子

（「俳句」平成二十二年十二月号）

怖がりのわたしなど、屋根から脚を垂らして坐る場面を想像するだけで背筋が寒くなる。でも、そこから背丈の倍もある竹馬に移ってあたりを見下ろせば、さぞ気持ちがいいにちがいない。その視界は、馬上にあるときとほぼ同じはずだ。この怖いもの知らずの女の子がふと、馬にまたがる戦国時代の豪胆な姫君のようにも思われてくる。

ぼろ市の鏡に歪むおのが顔　吉田ひろし

（「青山」平成二十六年五月号）

作者が魅入られるように覗きこんでしまったのは、曰くありげな古い鏡だったのだろう。そこに映しだされた顔が歪んでいたのは、鏡が歪んでいたせいだ、などと理詰めに解釈したらつまらない。それは真実を映す鏡であって、作者は己のほんとうの顔を知ってしまったのだ。しかし何千というガラクタの山のなかから、よりによってこの鏡に引き寄せられてしまったのは自己充足的予言というやつなのだろう。この鏡に出会うまえから、うすうす自分の顔が歪んでいることは気づいていたのだ。この句に作者のそんな自虐的な心理を読み取ると鑑賞がおもしろくなる。〈身の内のどこかみしりと霜の夜〉にも同種の微妙な滑稽感がある。

バスタオル巻きて坂本龍馬の忌　田中未舟

（「俳句四季」平成二十二年十二月号）

龍馬の妻お龍が入浴中異変に気づき、咄嗟の機転で夫の命を救ったというあの有名なエピソード（寺田屋事件）を踏まえての句だが、きっとこの作者も龍馬のためなら同じことをしただろう。そう思わせるような龍馬への親愛の情にあふれた作品だ。ちなみに龍馬の忌日は今日の暦で十二月十日。

義士の日なりＩＤカード首に掛け　工藤　進

（「俳壇」平成二十一年一月号）

この可笑しさは二物衝撃の威力だろう。ＩＤカードをぶらさげて物々しく振舞う職員を忠臣蔵の赤穂浪士に見立てるとは心憎いばかりの芸だ。「義士の日なり」という見得の切り方が滑稽感をさらに強めている。

吉良の忌の日にふくらめる白障子

下里美恵子

（「俳句四季」平成二十四年三月号）

この作品は「吉良の里」で詠まれた八句のなかの一つだが、そこに流れる温雅で清らかな情感は、忠臣蔵における吉良義央の悪辣なイメージを洗い落とす。作者がどれだけ吉良贔屓なのかはさておき、彼を吉良さんと呼び、いまも名君として敬愛する地元民への、これは心優しい挨拶句になっている。

だが、この句にはもう一つ重要な側面があるように思われる。すなわち「吉良の忌」は（少なくとも文芸のなかで用いられる限り）、忠臣蔵という芝居と切っても切れない縁があるという事情である。日本人は三百有余年、この芝居に格別の愛着を抱き、年末の出し物としてそれを観るたび、カタルシスを覚えてきた。これはわれわれにとって単なる芝居ではなく、古い年を送り新たな年を迎えるための祝祭劇（カーニヴァル）でもあるのだ（丸谷才一『忠臣蔵とは何か』を参照）。下里さんの句にまばゆいばかりの明るさがあるのは、「吉良の忌」を通して、こうした祝祭性を感受したからではあるまいか。とすれば、白障子をふくらませたのは、元禄の世から続く伝統の息吹だという絵解きもあながち的外れでない気がする。

シクラメン買うて明日の陽を抱く

飯村寿美子

（「俳句四季」平成二十三年十二月号）

シクラメンは多くの歳時記で春に分類されているが、実際にはクリスマスの時期、あるいは花の少ない真冬に出荷される鉢植えの花として通っているようだ。わたしのなかでは冬の薔薇と並んで、派手だが哀愁をおびた花というイメージが強い。特にシクラメンには幸の薄ささえ感じてしまうのは、きっと昭和五十年に布施明が歌って大ヒットした小椋佳作詞・作曲の名曲「シクラメンのかほり」のせいだろう。この句の作者とてあまり幸せそうではない。シクラメンを買ったのも今日の傷心を癒すためではないか。だが、彼女の生き方は積極的である。心はすでに希望の象徴である「明日の陽」に向かって開かれているのだ。スカーレット・オハラ（「風と共に去りぬ」のヒロイン）の最後の名科白「明日には明日の風が吹く」（Tomorrow is another day.）を思い出す。

立食ひのあちこち見こち見や年の市　小路紫峡

（「俳壇」平成二十一年十二月）

普段は行儀のいい人も、こんな時には目をきょろきょろさせながら屋台の熱い物を立ち食いして憚らない。そうすることによって心は浮き立ち、年の瀬の気分がいよいよ高まるのである。

亡き妻に似し樅の木のクリスマス　七田谷まりうす

（「俳句研究」平成二十一年冬の号）

例えば薔薇のような女性と言えば、われわれはさほど抵抗感もなくある種のイメージを持つことができるだろう。このレトリックにすでに馴染んでいるからだ。樅の木にも薔薇に劣らぬ個性的な相貌があるらしい。

作者は生前の夫人の姿、表情、雰囲気、しぐさ、癖、声等々を思い出しては、その面影が周囲に立ち現れるのを心待ちにしているのだろう。そして今、樅の若木の風情にそれを見出したのだ。妻の面影を宿したクリスマスの樅は、二重の意味で聖樹なのである。

象牙店出て極月の人波に　山西雅子

（「俳壇」平成二十一年三月号）

年末のせわしい時に、不要不急のといっては語弊があるけれど、非日常的な象牙店へ何の用で出向いたのだろう。芥川龍之介の短編小説「魔術」に出てくるような麝香の匂う一室で、店主と秘儀めいた取引をする場面を想像して、胸がときめいてきた。

北風の端に地球儀と同じ海　大竹多可志

鬚を剃る鏡に寒き道化顔
冬夕べ欺瞞の鴉群れて鳴く

（「俳句」平成二十四年十二月号）

歌人の穂村弘がある対談のなかで「デジャヴは……神様が隙を見せた数少ない例だと思う」（春日武彦・穂村弘『人生問題集』角川書店）と発言しているのを読んでいたく感心したものだが、どうやら大竹氏もまた、この因果律で統べられた現実世界が造化の神によって仕組まれた見せかけに過ぎないのではないかと疑っているふしがある。

その見せかけを暴くために作者はデジャヴ（既視感）の機会をうかがうのでなく、意図的に偽物仕立ての風景を構築するのだ。その結果、一句目では実物の海が地球儀のそれを模倣していることになり、二句目では素顔の代わりに道化顔が鏡に映しだされ、三句目では鴉そっくりの悪意に満ちた何ものかが現出する。こんな作品を目にすると、自分を取り囲む景色の（そして自分自身の）実在性すら怪しくなって、この世界が実は張子で、そこかしこに皺やつなぎ目でもあるのではないかと不安になる。

身の塵は月下で払ひ掃納　鷹羽狩行

（「俳壇」平成二十一年一月号）

月下における所作が幽玄で美しく、まるで能の舞台を見ているようだ。「身の塵」は衣類についた挨だけのことではあるまい。一年の濁世の汚れにまみれた身の内もまた、月光によって浄化しているのである。

逝く年の踏切り棒に打たれけり　有馬朗人

（「俳句」平成二十一年一月号）

「踏切り棒」という言い方が絶妙だ。普通はあれを遮断機と呼んでいるけれど、それではこの句のユーモアが消え失せてしまう。黒と黄の縞模様の棒が、あたかも禅宗の警策のように打ち下ろされ、年末のせかせかとした作者の心に喝を入れたのである。

除夜の湯の長きに夫の覗きくる　宮谷昌代

（「俳句界」平成二十三年二月号）

平成二十二年八月十八日に長逝した森澄雄の初期の代表句〈除夜の妻白鳥のごと湯浴みをり〉と一対にして味わいたい作品だ。つまり夫人の側に身を置いて詠めばこんな光景になる。

どこか相聞歌を思わせる句である。

生前の澄雄の妻恋いは有名であった。四十年連れ添った夫人を亡くすと「自分の生涯もだいたい終った」と感じ、その三年後に編んだ句集の表題を『餘日』（余った日の意）としたこと（森澄雄『めでたさの文学』邑書林）や、「もう六年たって、女房が亡くなった切実な悲しみはもちろんだんだんうすれていきますけれども、むしろ、むなしさのほうは強くなって、深くなって、そのむなしさの巾で、いよいよ女房が恋しくなる」（同前）、「ぼくはお経があげられないから、供養に百句はお経がわりに作ってやりたいと……、亡くなって今年で十年になりますが、

在りし日の妻のこゑあり牡丹雪　　澄雄

で、やっと百句になりました」（森澄雄対談集『俳句のゆたかさ』朝日新聞社）といった言葉にわたしも胸打たれたものだ。

華やぎと、色気と、そしてどこか可笑しみのあるこの句を読んで、浄土でも相愛の澄雄夫妻を思った。

ジャンパーのワッペン厚し東京都
絨緞に獅子狩る人や弓引いて
みかん色の蜜柑の箱や畳の上

藤田哲史

（「俳句」平成二十一年三月号）

これらの作品は日常吟といってしまえばそれまでだが、人生や自然に対する格別大きな感懐を詠んでいるわけではない。それどころか自然との接触すらない。あるのはワッペン、絨緞、蜜柑箱といった人工物ばかりだ。しかしこれらを読むと、不思議と気分が伸びやかになる。多分それは作者のナイーブな感受性のせいだ。普段誰もが目にしながら別段気にも止めないものが、彼には無性に面白く見えるのだろう。われわれも作者の目を通して、一見些細なものの中に心ときめく世界を見出すのである。

冬の水の中でますます手の乾く
火粉かと思ふ小雪の降り始む

高勢祥子

（「俳句界」平成二十四年十二月号）

俳句の国際化にすこぶる大きな功績を残したR・ブライスは「逆説は俳句の命である」（村松友次・三石庸子訳『俳句』永田書房）と言い、山口誓子も「俳句で一番大事な性格は矛盾の統一ということです」（『誓子俳話』東京美術）と述べているが、掲出句はその好個の作品例である。だが、それはつまり「二物衝撃」のことかと速断してはならない。冬の水のなかで手が渇くという逆説や、火粉と小雪という似て非なるものの対比を作者は一種の落差として捉え、その落差を一方は「ますます」、他方は「降り始む」という運動を伴った表現によって一気に縮めようとしているのだ。これらの句を読んだ瞬間、われわれは止まっていた時間がぎゅっと押されるようにして動きだすのを感じる。図らずも時間が自らの姿をあらわにしたのである。

行儀よく並ぶ高値の松葉蟹　由木みのる

（「俳句界」平成二十一年八月号）

「行儀よく並ぶ」と、松葉蟹を主語にしたところがユーモラスだ。高値であることに恐縮した松葉蟹が、せめてその値に見合うようにと、精一杯威儀を正しているのである。

冬霧の膝を崩して夜の底へ
うつくしき骨軋ませて雪は降る

月野ぽぽな

（「俳句」平成二十四年一月号）

作者は金子兜太氏の主宰誌「海程」の若手同人（昭和四十年生まれ）。海程俳句新人賞、現代俳句新人賞等を受賞している。「古き良きものに現代を生かす」ことを理念に掲げる結社の風が、この掲出句にもよくうかがえる。いずれも写生句というより、斬新な比喩の力によって新しいイメージを生み出そうとする実験精神に富んだ作品だ。「冬霧」が「膝を崩し」、「雪」が「骨軋ませ」るような世界は、もはやシュールレアリズムというほかない。

しかし不思議なことに、これらの句には、雅やかとか、たおやかとか形容したい風情があるのだ。やや突飛な想像をすれば、月野氏はこうした比喩の技法を和歌における縁語や枕詞といったものから学んでいるのではなかろうか。その作風は前衛的でありながら、古典主義的な気品も感じさせるのである。

鯛焼の口よく見れば或る女

平井岳人

アイロンに進むべき道雪しまく

雪吊の縄を摑みて鳥斜め

（「俳句界」平成二十五年二月号）

鯛焼の句の着眼の奇抜さと、鞦韆を買いそうなことをぬけぬけと言う大胆さ（或る女といっても君のことじゃない、有島武郎の『或る女』さと言い抜ける道もつくってある細心さも付け加えようか）、アイロンの句の連想の自在さと柔軟さ、雪吊の句（滑稽味のある句）のとぼけた味わいを引き出す技巧の確かさ（例えば些事へのこだわりやぶっきらぼうな言い切り）。この三句だけでも力量の高さは歴然としているが、作者は第四回（平成二十四年）石田波郷新人賞の受賞者。平成元年生まれというから、まさに期待の大型新人である。

遥かなる雪の嶺々こそ汝が墓標　　長山あや

（「俳句研究」平成二十一年冬の号）

連作の一句に〈雪に生れ風花に散りしおとうとよ〉とあるから、汝とは弟のことだとわかる。さらに〈待春の産土川へ散骨す〉からは、彼が生前、大自然にどれほど大きな憧れを抱いていたかを察することができる。その弟に対する作者の愛情と敬慕の念はなみなみならぬものだ。さもなければ、これほど雄大な追悼句を詠むことはできまい。

雪降るよ剪定済みし林檎園　　栗田やすし
雪晴れて人のごとくに藁ぼつち
十和田湖の底の石透く深雪晴
雪女郎なりしや湯屋に白きかげ

（「俳句」平成二十二年四月号）

わが師栗田やすしの第四十九回俳人協会賞受賞第一作十二句の中の四句。「雪降るよ」の心躍る調べ、人を彷彿とさせる「藁ぼつち」の精彩、冬の十和田湖の底まで透ける明澄感、「雪女郎なりしや」という語り口の諧謔（場所が「湯屋」であるだけに、エロティシズムも感じさせる）、そのどれをとっても雪国の情感が横溢している。東北育ちでない作者が、これほど生き生きと当地の暮らしや情景を描けるのはちょっと不思議だ。出身地の岐阜が雪深い土地柄であることと関係しているのだろうか。

そういえば私が愛誦するやすしの句に雪を詠んだものが少なくない。〈雪の火夫ホースの水で顔洗ふ〉〈汚れたる残雪孕み鹿歩む〉〈鳩翔つや図書館の裏雪残る〉〈大試験汽車雪嶺の裾走る〉〈雪嶺に向く山車蔵を開け放つ〉。近作では〈紙干すや雪に行き来の影落とし〉〈手で払ふ大白鳥の句碑の雪〉〈雪降るや隊列長き兵の墓〉〈雪靴で来て啄木の教壇に〉〈大雪にはばまれ滝に近寄れず〉等等。

だが、もう一歩推し進めて考えれば「雪」とは純白なものだ。そしてそれはやすしに最も似つかわしい色彩である。実際『霜華』という句集名は〈白髪の母似と言はれ星涼し〉の「白髪」に因んで付けられたものだし（『霜華』「あとがき」）、『海光』所収の代表句〈海光やこぼれて白き花月桃〉も「白き」が鑑賞の要であろう。白が持つ無垢のイメージ、それが表象する明るさと悲しみは、やすし俳句を貫く重要なモチーフの一つではあるまいか。

降る雪の影が映りて積りゆく　寺島ただし

（「俳句」平成二十七年十二月号）

「雪の影」十二句の最後の句。直前の作〈外燈に浮かぶ枯野のはづれかな〉の影響下で鑑賞すれば、外灯の光を浴びた雪片が、地上を覆う雪のうえに黒々とした影を映しながら舞い落ちる様子が見えてくる。

だが、夜景にこだわる必要はあるまい。むしろ昼間の景であるほうが神秘感が増すように思われる。ひとひらひとひらの雪に影があるとは考えてもみなかったが、じつは銀世界には、降りしきる無数の雪が無数の影を落としていたのである。そして芝不器男が〈寒鴉己が影の上におりたちぬ〉と詠んだように、雪もおのれの影のうえへと積もってゆくのだろう。

雪折れのページの角でありにけり　　佐々木六戈
（「俳句」平成二十一年一月号）

山口誓子の〈学問のさびしさに堪へ炭をつぐ〉を思い浮かべた。この句の作者も、一人雪道を歩むように、孤独な気持ちで読書していたのだろう。ちなみにわたしの場合、読みさしのページの角を折るのは、仕事の本に限られる。愉しみのために読む本には栞を差しておく。

傘ふつと軽くなりゐし夜の雪　　平岩佐知子
（「俳句」平成二十一年一月号）

雪は絶え間なく舞い落ちてくる。そんな中を長時間歩けば、五感も影響を受けざるを得まい。いつの間にか雪は宙にとどまり、体のほうが上昇しているような錯覚に陥るのだ。いや、錯覚ではない。現に傘がこんなに軽々としてきたではないか。

みな雪の降る胸反らしゆく街に

小川楓子
（「俳句」平成二十七年十二月号）

まるで何かのアナグラムみたいだ、というのが第一印象。そこでもっとわかりやすくしようと、語順を入れ替えてみた。〈雪の降る街にみな胸反らしゆく〉。ついでに助詞の「に」を「を」とすれば、いちおう筋はとおる。でも、これでは胸がときめかない。やはり元の句が完成形なのだ。

じつのところ、わたしは「雪の降る胸」という表現に魅了されたのだった。ひとりひとりの胸が平原のように広々と見えるではないか。その広い胸に雪を受止めながら濶歩する、誇り高き人々の群が目に浮かんだ。念のために一言すると、この句は意味的に「街に」の前で切れている。そして末尾の「街に」も単なる付け足しではない。この語がなければ、出征兵士たちの姿を連想するところだ。

死者できてしまひ雪野を折りたゝむ

円城寺　龍
（「俳句」平成二十六年五月号）

円城寺氏の作品は注目に値する。作風の基本は写生でありながら、句のなかに何か消化しきれない異物がぽんと投げ出され、それがグロテスクな景を現出させるのだ。その異物とは言葉遣いであったり、周囲の情景にそぐわぬ事物であったりするのだが。つまり配合が極めて独創的なのである。句歴四十年というから、もっと世に知られてよい作家だと思うのだが、昨年（平成二十五年）、句集『アテルイの地』（角川平成俳句叢書）が刊行されるまで、一般にはその作品に触れる機会がなかなか得られなかったという事情もあったのだ。ここに挙げた句についてみれば、「雪野」と「折りた、む」の唐突な結びつきがまことに不思議な空間を生み出している。

白く平らに息せぬ母は雪のやう　田中一光

（「俳壇」平成二十四年三月号）

「母逝けり一〇四歳」という前書がある。大往生である。「白く平らに」という措辞が、納棺前に白装束をほどこされた故人の姿を写し取ったものであることは容易に読み取れよう。作者の意識は、その小さな母の亡き骸から雪景色へと広がっているのである。

しばしば「母なる大地」という言い方がなされる。「地母神」という言葉もある。「母郷」という語もあるが、これには「母の郷」と「母なる郷」の二重の意味が込められているように思われる。そして作者はいま、母を雪に装われた故郷になぞらえているのだ。これは比類なく美しい母親賛美の句である。

雪降るや雪降る前のこと古し　小川軽舟

（「俳句」平成二十五年二月号）

「きのうの夜はどこにいたの？」「そんな昔のことは覚えてないね」「今夜、逢える？」「そんな先のことはわからない」といえば映画「カサブランカ」のあまりに有名な一場面だが、これがもしボガート扮する酒場の主リックでなく、本朝の好男子なら、きっとこんな典雅な一句をもって答えるところだろう。俳壇の貴公子小川軽舟氏にははまり役だという気がする……などと冗談めかして書いたのも、この句には「ふる」という音を三つ重ねるあたりに、さりげない遊び心がうかがわれるからだ。ただし作者はリックのように非情ではない。無常迅速は世の習いだけれど、たちまち古びてしまう事どもは降り重なる雪のように、彼の胸底に秘められているのである。

寒林にマッチを擦れば夜気匂ふ　小川軽舟

肩の雪払ひ珈琲頼むなり

（「俳句界」平成二十五年十二月号）

丸谷才一が『文章読本』（中公文庫）のなかで「ちよつと気取つて書け」という、文章上達のための「おまじなひ」を伝授しているけれど、これは俳句にも通用しそうだ。小川氏の作品は、石原裕次郎かハンフリー・ボガートを思わせる所作が心憎い。さりげなく自己愛をにじませて作るクールなダンディー俳句もわるくない。

雪吊の竹の煤けてをりにけり　武藤紀子

（「俳句四季」平成二十五年十二月号）

最近のわたしはこの種の句に俳句のよろしさを最も強く感じる。述べていることに格別の意味はないし、深読みを誘う劇的な要素もない。むしろなんの芸もない、ただの凡庸な写生句ではないか、と言われかねない作品だ。しかし同じ雪吊を見て、竹の煤けていることに気を止める者はどれほどいるだろう。いくら目に映っても、そこに意識を集中させなければ何も見えてはこない。この句を読むと、作者の明鏡止水の如き心に同調して、わたしの心中のざわめきがぴたりと静まるのである。

雪吊に木馬回してみたきもの　小林貴子

（「俳句」平成二十五年二月号）

写生を窮屈に考えると、こんな奔放な発想は出てこない気がする。自分が直感したことなら、余計な気遣いはせず、言葉にしてみたい。不謹慎なくらい無邪気な表現が意外と事物の本質をとらえているものだ。現に兼六園（金沢市）や六義園（東京都文京区）のライトアップされた雪吊りをみると、雪吊りのほうがメリーゴーラウンドに憧憬しているのではないかと思われてくる。

我ながら騒がし風花風花と

池田澄子

（「俳句」平成二十六年十月号）

池田氏の作品の根底には含羞があるように思われる。この句の「騒がし」も、わたしには「恥ずかし」と同義に読める。作者が何を恥ずかしがるのかといえば、俳句らしい俳句をつくること、花鳥諷詠のなかに安心立命することだろう。それゆえ彼女は季語や文語体を出し抜くようにあらぬ方向へ言葉を転じ、安定と停滞から遁走する。この言葉の運動量の大きさこそ、澄子俳句の真骨頂ではないか。〈まさか蛙になるとは尻尾なくなるとは〉も狼狽と羞恥を滑稽でつつんだ傑作。芭蕉が「古池や」と詠んだのは約三百三十年前（貞享三年）。あの蛙がいまや自身の実存におどろくまでに変貌したかと思うと、なんだかおかしい。

動かせば火鉢に爺がついてくる　伊藤伊那男

（「俳壇」平成二十四年四月号）

四コマ漫画を思わせるような滑稽な句。一歩間違えば老人いびりになりかねないところなのに、こんなほのぼのとした作柄に仕上がったのは、むろん作者の腕もあるけれど、火鉢という前近代的な季語の力も大いに与かっているに相違ない。

水鳥のさびしい水に来てねむる　今井杏太郎

（「俳句研究」平成二十一年冬の号）

夕暮の涸れ沼に水鳥が浮いている様子は、荒涼として寂しい限りだ。しかし「さびしい水」と言えば、その景色に何かしら人間的な情が生まれて、読み手の気持ちも少し明るくなってくる。

餌やつて鴨の喧嘩を眺めたる　鈴木淑子

（「俳句」平成二十三年三月号）

中学時代、国語の教科書で上田敏が訳したブラウニングの詩「春の朝」に出会い、「すべて世は事も無し」という一行に救われる思いがしたものだ。きっと受験勉強等で疲れた生徒だったのだろう。そして今、少し疲れた教師としてこの句を読み、心洗われる気がした。邪心のない作者の目を通して眺める世の中は、まさに「事も無し」だ。だがこれを平凡とは言うまい。こんなふうに無邪気に過ごせる時間をわれわれは一体どれほど持っているだろうか。

冬鵙門の石柱しんと立ち　友岡子郷

（「俳壇」平成二十一年三月号）

ひと気のない荒涼とした風景の中に、門の石柱があたかも墓標のように厳かに立っている。それが醸し出す孤高の雰囲気は、この家の主の人柄を思わせる。前後の句に〈山廬いま小春の瀬音ひびくのみ〉〈冬雲雀師も通ひたる校舎見ゆ〉があることから、飯田龍太の生家での吟だとわかる。

ふくよかな胸毛ふかれて寒雀　茨木和生

（「俳句」平成二十四年三月号）

優しいゆるやかな調べと、ひらがなの柔らかい視覚的効果のせいで、寒雀が風に吹かれて膨らんでいるさまがよく出ている。と、それだけのことなら、これは「ふくら雀」の語義そのままではないかとのそしりも受けそうだ。しかしこの作品から見えてくるのは、貴婦人にも喩えたいような気品に満ちた雀の風情なのである。一体にこの小鳥は、親しみはもたれても、格としてはだいぶ低く扱われてきた。その雀にこれほどの気高さを見出した句を評者は知らない。

寒の鳶廻れ円光生れるまで

高野ムツオ

（「俳壇」平成二十四年五月号）

「廻れ」という鳶への呼びかけが、「円光」と結びつくことで俄かに宗教的な荘厳さを帯び、祈りの言葉と化す。ひとたび円光が射せば、霊験あらたかに、その下の大地を遍く清めてくれることだろう。これは「天華」と題する連作三十三句のなかの一つ。〈被爆して吹雪きてここは福の島〉や〈身の毛まで津波の記憶冬深し〉などと併せて読めばこの句の背景は明らかだ。この祈禱にも似た作品はわたしに原民喜の遺稿「心願の国」の次の一節を想起させる。「雲雀は高く高く一直線に全速力で無限に高く高く進んでゆく。そして今はもう昇ってゆくのでも墜ちてゆくのでもない。ただ生命の燃焼がパッと光を放ち、既に生物の限界を脱して、雲雀は一つの流星となっているのだ」。どちらも比類なく美しいが、同時に絶望の吐息が聞こえてくる。

日当たりにゐて冬蝶の羽ばたきを　大須賀衡子

（「俳壇」平成二十八年二月号）

蝶も作者も冬の淡々とした日差しのなかで白光しているようだ。「羽ばたきを」で止めるのは、散文ならば尻切れトンボだが、この句はこのままの形が美しい。それはミロのヴィーナスの神々しさが、両手の不在に負うところ大であるのとよく似ている。これを未完成の美学とでも呼んでみたい。

霜柱引き抜いて根のごときもの　綾部仁喜

（「俳句研究」平成二十年春の号）

命のない霜柱にも根のごときものが生えているとは、何やら凄まじい気がする。厳しい冬の中で、無機物も無機物なりに何事かを営んでいるのだ。

陶片といへる氷のごときもの　長谷川　櫂

（「俳句」平成二十三年二月号）

一見平明な句だが、くり返し読むうちに、物を見ることに対する作者の凄まじいばかりの気迫が伝わってきた。その気迫は「物の見えたる光、いまだ心に消えざる中にいひとむべし」(『三冊子』)という芭蕉の言葉に通じるところがあるかもしれない。

作者は陶片を氷のようだと言っているのではない。この句の眼目は「陶片といへる」の「いへる」である。陶片もまた仮の呼び名に過ぎないのだ。作者は、われわれの意識がそれを「陶片」という名で了解する以前の、氷にも似た、何か不可思議な美しい物を凝視しているのである。

泥水氷る敷石の隙間まで　小川春休

(「俳句」平成二十五年三月号)

上手に炊き上げた米は一粒ずつ立っているそうだが、この句にもそんな趣がある。といっても字面のことではない。一音一音がまるで木琴を打ち鳴らすように軽快に弾んでいるのだ。七五五という変則的なリズムもそれに大きく与かっているだろう。この調べのよさによって何でもない風景がたちまち生気を帯びるのである。

小川春休氏が俳句のリズムに極めて意識的な作家であることは、ウェブマガジン「週刊俳句」に「朝の爽波」と題する波多野爽波論を連載している一事からも容易に想像がつく。実際、爽波は「音の魔術師」と呼びたいようなリズミカルな句の名手であった。たとえば〈冬空や猫塀づたひどこへもゆける〉や〈金魚玉とり落しなば鋪道の花〉における字余りの絶妙な用い方、あるいは〈鳥の巣に鳥が入つてゆくところ〉や〈チューリップ花びら外れかけてをり〉における独創的な調べ（この調べのせいで、いわゆる「ただごと」がにわかに詩的光彩を放ちだす）には舌を巻くしかない。まだ三十代の俳句作家春休が、爽波研究を通じて今後自らの作品世界をどう切り開いていくのか大いに注目している。

凍る夜の机に座礁した辞典　福田浩之

（「俳句」平成二十二年一月号）

第一回石田波郷新人賞の準賞となった作品「劇場より」（二十句）の中の一句。作者は十八歳の高校生。深夜、受験勉強に疲れて机につっぷし、目を上げると、前方にくたびれて表紙の反り返った辞典（たぶん英和辞典）が難破船のごとく横たわっていたのだ。その時作者には、文房具やノート類が散らかる机上が、漂流物の浮かぶ暗澹とした海に思えたのだろう。西東三鬼の〈水枕ガバリと寒い海がある〉と同質の孤独感が伝わってくる。

寒月の夢のなかなる母帰す　永島理江子

（「俳句研究」平成二十一年冬の号）

母はもうこの世の人ではないのだろう。だから夢の中に立ち現れて、娘に会いに来たのだ。

その母を、寒々とした青白い月の下で、また幽冥界へ送り帰す情景は哀切極まる。これはさながら夢幻能のようである。

寒昴世界に線を引く仕事　瀬戸優理子
（「俳句四季」平成二十八年二月号）

「世界に線を引く仕事」が何なのか、作者に謎解きしてもらっても、案外拍子抜けすることかもしれない。だが、それは聞くだけ野暮というもの。つまるところわれわれだって、大なり小なり世界に働きかける仕事をしているのだ。寒昴という冴え冴えと輝く天体の下で、世界という平面にせっせと線を引いている技師。これはロマンチックな絵入りの童話、たとえば『星の王子さま』や、宮沢賢治の作品を想起させる構図である。この単純で透明感にみちたモダンな一句は、人生の意味を示唆していないか。

冴ゆる夜の星を眺めて喪に籠る　栗田やすし
母逝きてよりの百日冬銀河
冬日さす庭の鶲籠に死にゆく鶲

（「俳句」平成二十六年三月号）

服喪の句が星空の下で詠まれていることに注目したい。寒夜に強い光を放つ星々の一つを亡き母と観じている作者が想像されるのだ。実際、この二句を読むと、静けさのうちに優しい情感と安らぎの気持ちが伝わってくる。星のきらめく夜には生と死の境が取り払われ、生者は故人と同じ空間に身を置くことが可能となるのだろう。

他方、冬日が差す鵜匠の家の庭は生者の世界だ。非情な情景だが、この張りつめた重い空気こそ、果てなんとする鵜の命の重みそのものとして読者の胸に直に迫ってくる。

夜咄や大黒柱伸び上がり　今瀬剛一

（「俳壇」平成二十年三月号）

久しぶりに顔を合わせた旧家の親族が、囲炉裏を囲んで夜咄に興じていると、一人が雪女に遭遇した話でもしたのか。怖いと思った瞬間、炉火に照らされた大黒柱までぐっと伸び上がったように思われたのだ。民話の世界のようにほのぼのと心を和ませてくれる作品だ。

息白く帰りきし船洗ひけり　中村夕衣

（「俳句」平成二十年三月号）

「息白く」の置き方が面白い。これは船が吐き出す煙（水蒸気？）を白息に見立てたものとも取れるし、船を洗っている人々の息のことだとも読める。おそらく両方なのだろう。労をねぎらうように船を洗っている人々の、あたたかな情感が伝わってくる。

あかるみに鳥の貌ある咳のあと　鴇田智哉

（「俳句研究」平成二十年春の号）

具体的なものといえば鳥の貌と咳のみだが、それすらもおぼろげだ。かつて体験した情景を作者が頭の中で再構成している。それをわれわれが覗き込んでいるといった印象を受けるのである。こういう俳句もあるのかと驚かされた。

風邪の夢とほき未来の人に会ふ　片山由美子

（「俳句」平成二十三年二月号）

先日、宮城音弥『夢　第二版』（岩波新書）を久しぶりに読み返し、夢が俳句とよく似ていることに気づいた。著者によれば、夢は第一に、いつも現在形である。遥か昔の出来事も今のこととして現れる。第二に、因果関係がない。およそ関係のない事柄が結びついてしまうのだ。第三に、自己と外界の区別がない。自他の意識が自由に相互浸透する。第四に、理性ではなく感情が支配する。そして第五に、あらゆる局面が常に生々しく具象的である。これはどれも俳句に当てはまる特徴ではないか。

実際われわれは俳句を通じて子規や蕪村や芭蕉の心と直に繋がっている気がするし、きっと数百年先の人々も今日の句を読めば同じ思いがするだろう。現代俳句のすぐ向う側には未来の読者がいる。作者は夢の中でその読者に会ってきたのではあるまいか。

ふるさとに旅人めきし冬帽子
父眠る軍人墓地や笹子啼く
白椿母に会はむと墓山へ　　栗田やすし

（「俳句」平成二十一年四月号）

離れ住めばこそ懐かしさの募るふるさとも、いざ戻ってみれば意外とよそよそしいものだ。親族は自分を客扱いするし、旧友たちの方言にもなんだか馴染めない。無条件で迎えてくれるのは親のみだ。それゆえ作者の帰る場所は、いまや両親の眠る墓所しかないのであろう。だが、この「旅人めきし」という感懐は、単にふるさとで覚えた疎外感にとどまらない、もっと奥深いところから発しているように思われる。すなわち、ソフト帽を目深に被った孤影からは、人生そのものにおける漂泊感が濃厚に滲み出しているのだ。そういえば、帽子は孤独な漂泊者によく似合う。チャップリンも、寅次郎も、うらぶれた私立探偵も、みな帽子がトレードマークだ。

太陽が真っ赤牡蠣鍋煮ゆるまで　廣瀬直人

（「俳句」平成二十二年三月号）

初心の頃、山口誓子の〈万噸《トン》の船内夕焼け正餐《ディナー》すむ〉を読んで、その瀟洒で都会的な雰囲気に魅了されたが、廣瀬氏の作品は同じ夕日と食卓の取り合せながら、それとは別種の感興をそそって魅力的だ。すなわちこの句は、ごつごつとして土俗的な力に満ちているのである。牡蠣鍋を煮え立たす火力と「真っ赤」な太陽が呼応して、鍋を囲む人々の気持ちを一段と高ぶらせているのだ。

着膨れてぶつかるやうに抱き合ふ　遠藤千鶴羽

（「俳壇」平成二十二年三月号）

分厚いオーバーを着た者同士が駆け寄って、ひしと抱き合うさまは、まさしく「ぶつかるやうに」という形容が相応しい。「抱き合ふ」から推して、背丈が大きく異なる大人と子供ではあるまい。高校合格を喜び合う生徒同士だろうか。ひょっとすると久しぶりに逢った恋人同士かもしれない。幸福感に溢れた作品だ。

主婦となるセーターの腕ながながと　津川絵理子

（「俳壇」平成二十年五月号）

買い物籠を提げる腕。町内会で草を刈ったり溝を浚ったりする腕。幼子をやさしく抱く腕。夫をしっかりと囲っておく腕。たしかに主婦の腕は長くて万能だ。

手を揉んでゐる重ね着の孔子様　木内　徹

（「俳句」平成二十六年三月号）

たしかに孔子像はどれも胸元で両手を重ねている。袖の長く垂れ下がったぶかぶかの衣装をまとって。それを揉み手ととらえ、重ね着とみた作者の頓才に感心する。無愛想な怖い顔の「孔子様」が七福神の飲み友達か何かのような気安さと愛嬌をおびてくるから愉快だ。

地につかぬ蹄の凍てて木馬かな　大木あまり
（「俳句」平成二十一年三月号）

メリーゴーラウンドは遊園地の中でも一際まばゆい祝祭空間なのに、哀愁感が漂うのはなぜだろう。「地につかぬ蹄」にその理由の一端がありそうだ。

寒卵虹のやうなる柱立ち　中戸川朝人
（「俳句研究」平成二十年春の号）

柱のような虹なら異とするに足りないが、虹のような柱となると一気に神秘感が増す。それは天上界の柱なのだろうか。寒卵と、虹のように伸びる柱との組み合わせが、夢幻的で形而上的なキリコ絵画を思わせる。

節分の鬼鬼歩きして来たる　名村早智子
（「俳壇」平成二十五年十一月号）

「鬼歩き」がなんともおかしい。鬼役も精一杯のサービスをしているのだ。これで幼い子供達が本気で怖がってくれたら鬼冥利に尽きるというものだろう。

無季・連作

月蝕《は》ゆる色の斑のある鮎を食む
解凍の肉に血の浮くさくらの夜
これの世のどこにも触れず冬の虹

山下真理子

（「俳句四季」平成二十年五月号）

「月蝕」と「鮎」、「解凍の肉」と「さくらの夜」の取合せが比類ない。そして、「これの世」のどこにも触れずにかかる「冬の虹」のなんと淋しく、美しいことか。これらは、「海程」（金子兜太主宰）の結社賞である海程会賞の第八回（平成十九年）受賞作品二十句の中の一部である。

作者はもうこの世にない。編集部が付した解説文がショッキングだ。「山下さんは病弱な上に年老いた母親との二人暮らしで、受賞の知らせの届く前の七月八日に母親と一緒に自決した。享年五一」。つまりこの連作二十句は、作者にしてみれば遺書のようなものだったのだろう。現に死を決意して詠んだとおぼしい句も少なくない。〈寒天へきいーんと酸をしたたらす〉や〈春愁という致死量の孤独かな〉は服毒自殺を思わせるし、〈紐の音して月光の揺れおらん〉や〈片手いつまでも花嵐の感触〉は縊死を連想させる。しかしこれらの句には、自らの（そしてたぶん母の）死を詩的高みへ昇華させようとする作者の強固な意志が感じられるのである。

無念の死を余儀なくされながら、社会への恨みや私憤のようなものが作品の中に一切ないことにも驚く。それどころか、〈百合ひらくにんげんに深き裂け目あり〉〈穢れたる舌月光に晒しおり〉〈報復という名のいくさ寒昴〉といった句からは業深き人間への透徹した諦観が読み取れるのだ。絶望し、打ちひしがれた人ではこうは詠めまい。

山下さんは自らの生を詩に結晶化させて全うしたのだろう。〈六月の水平線に腰掛ける〉〈白鳥の涙で琥珀の酒を割る〉〈銀河にてざぶざぶ白鳥洗いおる〉〈水蒼くあり白鷺は硝子の木〉にもはや写生はないけれど、これらは決して観念句ではない。浄化された魂が見出した「心願の国」（原民喜）での出来事なのだと想像する。俳壇的には無名に近いが、独自のスタイルで稀有の美的世界を構築したこの俳句作家をいつまでも記憶にとどめておきたい。

知らぬ花頭に挿しこはれものとなる　佐藤文香

（「俳句」平成二十三年八月号）

「こはれもの」になったのは、もちろん作者自身。そしてこれが恋の句であることは念を押すまでもなかろう。柄にもなくひ弱な乙女に変じてしまったことを一方ではあきれつつ、他方では、恋の相手に最大限の優しさと保護を求めてもみたい。そんな二重の気持ちに揺れる自分を一語で言い取ったのが、すなわち「こはれもの」というどこか滑稽な自画像だ。「ともかがみ」と題する連作二十句に添えられた小エッセイのなかで佐藤氏は、「繊細で骨太、マッチョでやわらかくありたい」と述べている。こうした相反するものをユーモアの力で一つにまとめ上げるのがこの作者の持ち味のように思われる。

鎌倉佐弓

サイネリア待つといふことときらきらす
こめかみは水のさびしさくちづけよ
背のびして木漏れ陽を着る君は五月
オリオンを摑みそこねた腕が好き
彼へかれへ天上の蒼なだれおり

(「俳句界」平成二十六年三月号)

特集「恋のない人生なんて～恋と愛を詠う」に寄せての五句。俳句はその短さゆえに短歌のように歌い上げることができないし、わけても恋愛の直情的な詠嘆には最も不向きな詩型だとの通念をみごとに打ち破った作品である。多少の字余りはあれ、十七音の世界にこれほど伸び伸びと大らかに自分の感情を盛り込んだ作者の手腕には舌を巻くしかない。評者にはちょっとまぶしすぎるが、若い人々を俳句に誘うための好適な作例ともなりそうだ。

巨きなる水のやうなるバスにのる
ゐねむるは目のうらがはを踏みあるく　鴇田智哉

（「俳句四季」平成二十六年二月号）

作者はわたしが最も注目している前衛作家。かれは「角川俳句年鑑」二〇一四年版の「俳人大アンケート」のなかで、「俳句から抜け出ていくことが俳句だと思っている。俳句から、季語から、どうやって抜け出ていくか。そんなことばかり考えている」と注目すべき発言を行っている。

近年、鴇田氏は意識的に無季の句を作っているようだが、ここに掲出した作品もその実験過程で生み出されたものだろう。独特の文体にはいつもながらの才気を感じるが、あの有季のときの、神経に絡みつくような生々しい感触が弱まっているのはどうしたことか。内容は奇妙奇天烈であっても、何かメカニックな、論理的整合性のようなものが看取され、この作者にしては健康的すぎるのだ。さらに不可解で不条理な作品世界を期待している。

抱けぬ夜は一暴れして下駄に鋲
パンティーに指が届くや否やデモ
北大路翼の墓や兼トイレ
逢ひたいよいますぐ星に乗つかつて

北大路　翼

（句集『天使の涎』邑書林、平成二十七年刊）

北大路氏は俳句における性愛の探求者である。性愛表現をどこまで俳句に定着できるか、果敢に挑んでいる人だ。作品の大部分は有季だが、ときたま掲出句のような無季の作もまじる。そのことが特に違和感を抱かせないのは、一句のなかで作者が季語と同じくらい強烈な個性を放っているからではないか。「北大路翼」自身が季語なのである。恋猫の人間ヴァージョンとして彼は四季を生きている。

枯淡趣味や花鳥諷詠に慣れた目には、句集『天使の涎』は物騒な存在だ。梶井基次郎が仕掛けたレモン爆弾のように。たぶんこれは明窓浄机の環境下で読むべき本ではない。だが、たとえば雑踏のなかでこれを開けば俄然絵になるだろう。そういう句集なのだ（煌びやかな装丁と、質素な紙質も含めて）。さらにいえば、いよいよ地球最後の日が来て一切の聖典が無力化しても、彼の俳句なら伴侶になってくれそうだ。人に踏まれる間際まで動き回る蟻たちのように、神の大きな手が地球をぺしゃんこにする寸前まで北大路氏はせっせと性愛に励み、それを言葉にする男だという気がするからだ。そのオプティミズムがわれわれを励ます。

国つ神つるつる抜ける籠枕　　宇多喜代子
円蓋は大いなる夏木の茂り
夏夕焼授乳の母を円心に
全円を描く宿題が夏休み
秋はじめ円の内外に同じ風

（「俳句」平成二十三年九月号）

宇多喜代子の「円心」五十句の根底に東日本大震災があることは、たとえばその中の〈高野ムツオよ小池光よ夏の木よ〉や〈七月の雨や六、五、四、三月〉という句からも容易に読み取れる。だが、この連作にはもはや悲嘆や慟哭はない。弔意すら〈弔いは棒一本と初嵐〉と至極あっさりしているのだ。では、ここにあるのは何か。それは再生への意志である。

右に揚げたように「円」を用いた句が四つあることや、表題が「円心」であることは重要だ。「円」とは生命の根源である太陽、万物を生成する渦巻、子を宿す子宮、さらには森羅万象の理を表す曼荼羅に通ずる。すなわちそれは生命誕生の象徴なのだ。作者が円心に「授乳の母」を据えていることも、この解釈の正しさを裏付けていると言えまいか。〈短夜の赤子よもっともっと泣け〉や〈青嵐えにしの深き赤ん坊〉など嬰児を詠んだ句が多いのも偶然ではない。この子たちこそ再生復興の希望なのだから。

ところで「国つ神」の句は意味深長だ。国つ神とは代々この国土を守護していた土着の神である。作者はこの神々を揺さぶり起し、大地に解き放ったのだ。そう読むとき、宇多喜代子が国つ神の先頭に立って再生への道を指し示す地母神のごとく思われてくる。

あとがき

自己分析をするとわたしは消極的な性格で、傍観者的に物事を見がちである。子供のころから不平を言わないかわりに、積極的にどうしたいと意思表示することもなかった。要するに情熱家の反対で、心に小さな穴でも空いているのか、空気洩れでもするように熱が逃げてしまうのだ。

わたしが中年になって俳句にのめり込んだのは、そんな空虚な思いを何かによって埋めたかったせいである。句作に集中するとき、心を充足感が訪れる。会心の作を読み返せば、その感覚がよみがえる。わたしがほかの人の作品を読むのも同じ理由からである。佳句に出会えば気分が高揚し、晴れ晴れとした心地になる。どこか広々とした世界へ連れ出してもらったような気がするのだ。ここに収録したのはどれもそういった、わたしにとって掛け替えのない句ばかりである。

「伊吹嶺」主宰の栗田やすし先生は、本書の鑑賞文の元になっている「現代俳句評」を「伊吹嶺」誌に連載する機会を与えて下さった。そしてこのような形で本にまとめることを一番に喜んで下さった。その温情を何よりも嬉しく、また有り難く感じている。いくつかの文章は「俳句」誌に掲載したものである。再録を快諾して下さった角川「俳句」編集部に感謝する。実は先程、邑書林代表の島田牙城氏から本書のカバー見本が届いたのだが、それを見て驚いた。小さな鍵と鍵穴が描かれているではないか。

何年かまえ、わたしは「伊吹嶺」の大会で俳句「鍵」説を提唱したことがある。俳句とは、生命が躍動する世界への扉を開くための鍵なのだから、鍵そのものを飾りたてる必要はない。すなわち俳句はシンプルに作るべし、といった話をしたのだ。そのようなことを知る由もない島田氏が、わたしの俳句観を見事に具象化して下さった。名編集者にして名装丁家の同氏に深謝する。

万事に消極的なわたしが俳句を始めたのは、数少ない能動的な選択の一つであったが、それが新たな生き甲斐をもたらしてくれたのは幸いだった。きっと心の小さな穴は、俳句という鍵を差し込むための鍵穴だったのだろう。

ここに載せた秀句の数々は、平成という時代を映す鏡にもなっているはずである。これらの作品が、わたしと同時代を生きる読者の琴線にも触れることを願っている。

平成二十八年七月十四日、巴里祭の夜

河原地英武

ま行

や行

わ行

た行

な行

は行

か行

さ行

掲出俳人索引

複数句一括掲出の場合、その第一句目の掲出ページを示した。

あ行

河原地英武《かわらじ ひでたけ》

昭和三十四年七月二日、長野県松本市生まれ。
東京外国語大学ロシヤ語学科卒。同大学院修士課程修了。
慶應義塾大学大学院博士課程単位取得満期退学。
現在、京都産業大学外国語学部教授（ロシア・東欧論等を担当）。
　東海学園大学非常勤講師（俳句創作を担当）。
　朝日カルチャーセンター名古屋教室講師（俳句講座を担当）。
平成十一年、「伊吹嶺」入会。栗田やすし主宰に師事。
現在、「伊吹嶺」副主宰。編集委員、国際部長、関西支部長を兼務。
　俳人協会会員。国際俳句交流協会監事。
伊吹嶺七周年記念賞（文章の部）受賞。
第六回伊吹嶺賞受賞。
現住所　〒525－0027　滋賀県草津市野村五丁目二十六の一

書名……平《へい》成《せい》秀《しゅう》句《く》

著者……河原地英武

発行日……平成二十八年八月十五日　第一刷

発行者……島田牙城

発行所……邑書林《ゆうしょりん》

661-0033　兵庫県尼崎市南武庫之荘3-32-1-201

Tel　〇六（六四二三）七八一九

Fax　〇六（六四二三）七八一八

郵便振替　〇〇一〇〇-三-五五八三二

younohon@fancy.ocn.ne.jp

http://youshorinshop.com

印刷・製本……モリモト印刷株式会社

用紙……株式会社三村洋紙店

定価……本体一九〇〇円（税別）

ISBN978-4-89709-811-1 C0095 ¥1900E